어린이의 문장

어린이의 문장

정혜영 에세이

작고 말랑한 손을 잡자
내 마음이 단단해졌다

호름출판

나는 자주, 아이들의 글에서 호기로움을 선물받는다

언젠가 일이 너무 많아 아이들의 글쓰기 공책 검사를 못한 적이 있었다. 공책을 집에 가지고 가서 검사해야지, 하고 옆에 챙겨두었다가 깜빡 잊고 퇴근하고 말았다. 교실 문을 나설 때면 무언가 놓친 중요한 것은 없는지 마음 한편이 개운치 않은데 그날도 그랬다.

학교에서 출발하고 시간이 꽤 지난 뒤에야 글쓰기 공책이 생각나는 바람에 갈등이 생겼다. 평소보다 조금만 일이 많아지면 이렇게 정신을 놓고 다니니 이래서 좋아하는 일을 정년까지 잘해낼 수 있을까. 이럴 땐 내가 속

절없이 미워진다.

　결국 다음 날 아이들 글에 아무런 코멘트 없이 사인만 해서 나눠주었다. 그랬더니 항상 글쓰기 공책에 진심인 아이 하나가 "오늘은 왜 빨간 줄 표시도 없고 선생님 말도 없어요?"라고 물어왔다. 그 아이가 대표로 물었던 것이지, 아마 같은 생각을 하면서도 말 못 한 아이들이 여럿이었을 것이다. 아이에게 공책을 가지고 가지 못해서 코멘트를 달 시간이 없었다고 솔직하게 말하고 다음번에 다 검사해 주겠노라고 약속했다. 다음번 검사 땐 글쓰기 공책에 두 개의 코멘트를 달았다. 전날 달지 못했던 글과 새 글에.

　나중에 그 아이 어머니와 전화 상담을 하다 안 사실이지만, 아이가 글을 완성하기 위해 어쩔 때는 밤 12시까지 글쓰기 공책을 붙들고 있다는 것이었다. 글 주제가 학교 수업 중에 이루어진 것들로 주어지기 때문에 실제 수업을 모르는 어머님은 도와주고 싶어도 그럴 수가 없었다. 아이 어머니는 아이가 너무 버거울 것 같고, 그 시간까지 기다리기엔 솔직히 본인도 힘들어서 대충 쓰라고 말해도 '대충'이 안 되는 아이에겐 소용이 없었다.

아이는 내가 달아주는 코멘트를 매일매일 확인하고 엄마에게 읽어준다고 했다. 자신의 글을 담임 선생님이 재밌게 읽는다는 사실이 아이에게는 글에 정성과 진심을 쏟는 계기가 되는 것 같았다. 그쯤 되면 초등 2학년 어린이지만 이미 '작가 정신'이 충만한 아이가 아닐까? 그런 아이에게 선생님이 그은 밑줄이나 담임 선생님의 코멘트 없이 돌아온 글쓰기 공책은 작가 정신에 대한 생채기였을 것이다.

내 위주로 일의 우선순위를 정하다 보니 아이들에게 가장 중요한 일이 뒤로 미뤄지는 오류가 생겼다. 이때도 아이의 반응을 보며 글쓰기 공책 검사를 항상 우선순위로 두자,라고 결심했는데 이슬아 작가가 이 결심에 쐐기를 박아주었다. 이슬아 작가는 제대로 읽지도 않으면서 일기 검사를 하던 어릴 적 담임 선생님들을 떠올리며 다음과 같이 썼다.

나를 궁금해하는 사람에게 겨우 용기를 내서 해볼 수 있는 이야기들은

일기장에 더 이상 등장하지 않았다. 중요한 이야기들은 엄마와의 대화에서, 혹은 버디버디에서, 혹은 내 마음속에서 어느새 휘발되어버리곤 했다.

－ 이슬아, 《부지런한 사랑》

아이들의 일기 검사가 인권 침해 소지가 있다고 하니 교사들은 학생들의 글쓰기 연습을 어떻게 시켜야 할지 난감하다. 그러다 속 편히, 과감히 일기 쓰기를 생략하기도 한다. 신경 써서 해주고도 욕먹는 일을 교사들이 신나서 하기는 무리다. 궁여지책으로 '주제 글쓰기'로 방향을 틀어 글쓰기를 지속하는 나 같은 교사들도 있다. 아무거나, 아무렇게 써도 시인이 되고 작가가 되는 순수한 글쓰기를 이때 안 해보면 언제 맘껏 해볼 것인가.

그래서 2학년이지만 아직 1학년이나 다름없는 신학기 3월부터 우리 반 아이들은 글을 쓴다. 3월 한 달 동안 매일 한 줄 쓰기를 한다. 뽐내고 싶어 하는 아이들이 더 많이 쓰고 싶어 하지만 우리는 1년 내내 쓸 테니 초반에 기운을 다 쓰지 말라고 당부한다.

3월 한 달은 나의 코멘트가 아이들의 문장보다 길 때가 많다. 한 줄 쓰기이니 당연한 결과겠지만. 그러다 점점 아이들의 글이 길어지고 나의 코멘트는 상대적으로 줄어든다. 그렇게 아이들의 글쓰기와 성장은 함께 이루어진다.

　　교사가 궁금해할수록 아이들은 더 용기 내어 자신의 속마음을 털어놓는다. 아이들의 중요한 이야기가 휘발되지 않도록 더 정성 들여 읽고 궁금해해야겠다. 아이들이 쓴 이야기뿐 아니라 쓰지 않은 마음까지 살피려면 부단히 좋은 글눈을 가져야겠구나. 그리하여 재능이 없더라도 꾸준히 하면 나아지는 글쓰기의 막강한 힘을 길러줘야지.

　　이슬아의 《부지런한 사랑》은 내게 더 부지런해지라고 더 섬세해지라고 더 살펴보라고 다독인다. 변화는 질문 없이 시작되지 않는다고 말이다.

　　《편지로 읽는 슬픔과 기쁨》의 작가 강인숙은 편지는 수신인이 혼자서만 읽는 호사스러운 문학이라고 했다.

마찬가지로 난 오로지 한 독자만을 위해 쓴 아이들의 보석 같은 문장들을 읽는 호사를 누리며 때로는 미소 짓고 때로는 코끝이 찡해졌다. 아이들의 기발한 생각에 와! 절로 감탄사가 나오기도 했다. 문법상 오류도 있고 문장 간 연결이 매끄럽진 않지만, 그래서 오히려 상상력이 발동할 여지가 많은 것이 아이들 글의 '묘미'다. 그렇게 나를 들었다 놨다 하는 아이들의 문장을 만날 때마다 내 글도 한 편, 두 편 켜켜이 쌓여갔다.

세상에 어린이가 아니었던 어른은 없다. 어른이 어린이의 마음을 만난다는 것은 각자의 어린 시절과 조우하는 일이며, 좀처럼 마음에 들지 않는 오늘의 모습을 보듬는 일일지도 모른다.

앞만 보며 뛰어가다 지쳐버린 어른들, 성장통을 겪고 있는 어른들이 어린이의 말과 글, 문장을 만났으면 좋겠다. 어린이의 마음을 만나 잊고 있던 각자의 어린 시절을 떠올리며 현재의 자신을 좀 더 다정하게 바라볼 수 있다면 얼마나 좋을까. 내게 그랬듯, 때로는 엉뚱하고 때로는 뭉클하며 때로는 호기로운 어린이들의 말과 글, 문장들이 그 역할을 톡톡히 해주리라 믿는다. 소중한 글을 허락해준 아이들과 부모님께 감사를 드린다.

2부
지루한 매일을 찬란하게 사는 법

3부
바람 빠진 내 마음 다정 불어넣을 시간

일러두기

- 책 속에 쓰인 아이들의 이름은 모두 가명이며 반과 번호도 모두 편집된 정보입니다.
- 인용된 아이들의 문장은 가독성을 위해 일부만 수정했고 그 외는 아이들의 말맛을 살리기 위해 맞춤법에 어긋나는 점이 있더라도 그대로 실었습니다.

1부

호락호락하지 않은 세상이지만

대수롭지 않게

번데기가 허물을 벗고 이전과는 전혀 다른 생김새를 지닌 성충이 되듯, 우리도 이전과는 다른 내가 되는 순간이 있다.

처음 자전거를 탈 때, 뒤를 단단히 붙들어주던 엄마, 아빠의 손길에서 놓여 홀로 자유롭게 나아가던 순간. 집에서는 항상 동생과 아옹다옹하더라도 밖에서는 동생의 보호자가 되어 위풍당당하던 순간. 엄마의 웃음과 눈물이 이전과는 다르게 느껴지던 순간. 불합리함을 보고 그게 세상이 돌아가는 지당한 원리라는 어른들의 세계에 굴복하지 않고 앞으로 한 발짝 내디딜 용기를 내던 순간….

그런 매 순간 내 안에 '기분 좋게 낯선' 나를 들여놓았다. 낯설지만 싫지 않은 그 느낌은 이전의 나라면 가당치 않았을 용기를 내도록 독려하곤 했다.

> 오늘 아빠와 독감 예방 접종을 했다. 처음에는 안 떨었는데 점점
> 숨이 막혀가면서 떨려왔다. 내 차례가 오는 순간, 가슴이 쿵쾅쿵쾅
> 식은땀이 뚝뚝 떨어졌다. 내가 맞을 차례가 됐다. 사나이의 명예를
> 걸고 꼭 울지 않겠다. 무서웠지만 꾹 참고 울지 않았다. 정말 무서웠다.

석모는 '독감 예방접종'이라는 글에서 독감 예방주사를 맞는 순간의 두려움을 생생하게 묘사한다. 예리한 주삿바늘이 피부를 뚫고 몸 안으로 침투해오는 경험은 어른이 되어서도 웬만하면 피하고 싶은데 석모는 오죽했을까.

아홉 살은 주사를 맞기에 애매한 나이다. 유치원생도, 1학년 초등학생도 아닌데 주사 앞에서 아기들처럼 엉엉 울기엔 아무래도 눈치가 보인다. 특히 나고 자란 9년여

의 생애 동안 씩씩함을 강요받은 남자아이라면 더욱더. 그렇게 아홉 살 사나이의 자존은 독감 주사 앞에서 시험대에 오른다.

아빠 앞이라 더 신경 쓰였을 것이다. 그런데 아마 석모의 아빠도 석모 나이에 독감 주사를 맞으며 울음을 꾹 참지 않았을까. 그랬다면 아마 그때 석모 아빠도 아빠와 함께였기 때문이라고 짐작해본다. 석모의 아빠도, 석모 아빠의 아빠도 아들에게 말했을 테니까. 사나이는 함부로 울지 않는 거라고.

석모는 두려움을 꾹 참아낸 순간, 더 큰 사나이의 세계로 한 발 내디뎠으리라. 석모와 아빠들이 말하는 '사나이의 명예'가 더 큰 세상 속에서도 계속 고고한 빛을 발하기를 바란다. 약하고 힘없는 존재들을 통 크게 보듬는 진짜 명예를 누리기를.

오늘 놀이 공원에 갔다. 처음에 바이킹을 타고 싶었는데 위로 갔다가 아래로 가고 도는 놀이 기구를 탔다. 정말 무서웠다. 나는 태어날 때 무서운 걸 잘 못 견디게 태어났고 동생은 잘 견디게 태어나서 나는 무섭고 동생은 안 무섭다.

놀이공원에 간 경험을 쓴 정호는 두려움에 대처하는 남자아이의 또 다른 자세를 보여준다. 아홉 살 남자아이는 아빠 앞에서만 자존을 증명해야 하는 게 아니다. 동생 앞에서는 더할지도 모른다. 동생보다 겁이 많다는 걸 쉽게 인정할 형들이 있을까. 태어날 때부터 사람마다 차이가 있음을 일깨워준 건 정호의 부모님이었을까, 정호 스스로 터득한 아홉 살 인생의 지혜일까.

더 나은 모습을 보여주고 싶은 형의 자존이 놀이기구 앞에서 흔들릴 때, 스스로를 납득시킬 이유가 필요했을 것이다. 우린 모두 다르게 태어난 존재라는 사실 같은 것 말이다. 그러니 놀이 기구 앞에서 동생보다 무서워했다고 부끄러워할 것 없다. 무서움을 견디는 유전 인자를 더 많이 혹은 더 적게 지니고 태어난 것뿐이니까. 다른 것이지, 틀린 것이 아니라는 지당한 사실을 꼭 기억하길.

난 동생과 미니바이킹을 같이 탔다. 다른 놀이 기구를 좀 타다가 또 바이킹을 동생과 탔다. 이번엔 맨 끝에 탔다. 근데 그게 내려갈 때마다 배가 간질간질했다. 동생은 5살인데도 맨 끝에 타는 게 재미있다고 했다. 난 그게 신기했다.

두려움은 몰라서, 어려서 생기는 문제가 아닐지도 모르겠다. 경험치가 쌓일수록, 비교치가 늘수록, 그렇게 세상을 더 많이 알아갈수록 두려움은 몸짓을 부풀린다. 더 배우고 성장했는데도 왜 두려움은 작아지지 않고 자꾸 커지는 걸까.

이 글의 주인공 달이가 간과한 게 하나 있다. 바이킹 맨 끝자리가 얼마나 무서운지는 그 자리에 앉아본 사람만이 알 수 있다는 것이다. 그러니 달이가 전에 겪어보지 않았던 일로 힘겨워질 때면, 바이킹을 타던 이날을 떠올렸으면 좋겠다. 그리고 기억했으면 좋겠다. 사실 두려움이라는 것은 알고 보면 '바이킹 맨 끝자리를 탈 때 배가 간질간질한' 정도에 불과하다는 것을. 바이킹은 이내 멈추고, 내려 시선을 돌리면 더 재미있는 놀이기구도 얼마든지 널려 있다는 것을.

두려움에 대처하는 나의 자세에 대해 생각해본다.

두려움은 될 수 있으면 피하고 싶은 감정이다. 벗이 될지, 적이 될지 모르는 관계는 불안하고 예측할 수 없는 사건이 끝없이 일어나는 미래는 두렵다. 심지어 현재보다 미래가 더 나빠질 수 있다는 신호는 매번 더 강한 두려움을 부른다.

두려움의 크기는 이성적인 판단과 반비례해서 두려움이 클수록 이성적인 판단은 흐려지기 마련이다. 두려움을 피하려 하면 그것은 나를 얕잡아 보고 따라잡으려 한다. 무너뜨리고 압도하려 한다.

그러니 두려운 대상은 똑바로 바라보아야 한다. 얼마나 큰 놈인지, 얼마나 센 놈인지. 돌아서서 외면하는 동안 내 머릿속 상상에서 더 커지지 않도록.

"모르는 건 어떡해요?"

열심히 수학 평가지를 풀던 우리 반 아이 하나가 묻는
다. 모르겠는 것, 계속 봐도 안 풀리는 것은 그냥 건너뛰
고 알겠는 것부터 먼저 풀라는 내 말에 아이는 비로소 안
심하고 다음 문제로 넘어간다. 넘어가기 전에 못 푼 문
제 번호에 별표를 쳐두고 다 풀고 나서 시간이 남으면 그
문제를 다시 들여다보라고 했다. 그랬더니 아이가 자기
는 세모를 치겠단다. 별을 그려둬야 눈에 잘 띄지, 했더
니 "저는 별을 잘 못 그리거든요." 한다. 아차, 초등 2학년
에게 별 그리기는 고난이도의 작업임을 깜빡했다. "그래,

그래. 네가 알아볼 수 있는 표시는 아무거라도 좋아." 했더니 아이는 번호에 세모를 그렸다. 내가 평가지에 치는 세모는 정답은 아니지만 부분 점수를 주겠다는 뜻인데 아이에게 세모는 혼자 힘으로 풀기 어려운 문제라는 표식이다. 어려운 부분을 잠시 건너뛰고 아는 문제를 먼저 푼 후에 문제의 질문부터 다시 한번 읽어보라고 권했다. 잠시 후, 아이는 또 일그러진 표정으로 말한다.

"다시 봐도 모르겠어요."

그럼 네가 모르는 것이니 그대로 놔두고 나중에 나와 문제 풀이를 할 때 좀 더 집중해서 설명을 듣자고 했다.

지금 당장 해결하기 어려운 문제에 맞부딪혔을 때, 도무지 무슨 수가 떠오르지 않을 때는 그 순간에 너무 매몰되지 않고 건너뛸 용기가 필요하다. 용기를 내어 건너뛴 문제는 언젠가 또 비슷한 유형의 문제로 내 앞에 나타날 수 있으니, 건너뛸 때는 자신만의 표식을 해두면 좋겠다. 세모든, 별표든, 자신이 알아볼 수 있는 표식이면 족하다. 언젠가 마음의 여유가 생겼을 때, 다시 차분히, 자세히 들여다보고자 할 때 발견하기 쉽도록. 반갑지 않은 이런 문제들과의 또 다른 조우에 당황하지 않으려면 문제를 마냥 모른 척해서는 안 되니 말이다.

다시 살펴봐도 도통 해결방법이 없다면? 모든 문제를 '지금' 당장, 꼭 '내'가 해결해야만 하는 건 아니다. 니체도 "혼돈을 오랫동안 들여다보고 있으면 혼돈이 당신을 쳐다본다."라고 하지 않았던가. 자신을 너무 오래, 깊이 근심 걱정에 옭아매지 않았으면 한다.

때로는 나를 돕는 손을 덥석 잡아보자. 세상엔 누군가를 돕는 일에 존재의 회열을 느끼는 '다정한' 인류가 생각보다 많다.

> 오늘 〈봄〉 시간에 수건 돌리기 놀이를 했다. 잡히면 장기자랑을 하는
> 거였다. 난 장기자랑을 하고 싶지 않았다. 근데 다행히 내 뒤에는
> 수건을 놓지 않았다. 그래서 난 장기자랑을 하지 않았다.

'놀이'라는 말이 누군가에게는 근심 걱정의 모습으로 다가갈 수 있다. '수건 돌리기'는 우리 반 아이들 대부분이 즐거워하는 놀이였지만, 우슬이에게는 놀이 뒤에 따라붙는 장기자랑이 복병이었다. 친구들 숫자가 많으니

걸리지 않을 확률이 월등히 높지만 일단 걸렸을 때 가장 싫은 상황과 대면할 수 있다는 불안이 우슬이의 놀이 집중도를 떨어뜨렸나 보다.

일어나지도 않은 일에 대한 걱정으로 현재의 행복에 집중하지 못하는 건 어린 우슬이에게만 일어나는 일이 아니다. 우슬이가 '장기자랑'이라는 큰 벽을 만났을 때 당황하지 않고 현재의 놀이에 집중하게 하는 방법은 뭘까?

오늘 수건 돌리기를 했다. 내가 술래가 될까 봐 두근두근 콩닥콩닥.

수건이 있을까 봐 뒤를 만지작만지작. 그러다가 술래가 되면 장기자랑 하려고 느릿느릿.

우슬이에게 불안을 주던 장기자랑이 능소에게는 은근히 기대감을 주는 놀이 요소다. 누군가에겐 마주하고 싶지 않은 일이 다른 누군가에겐 즐거운 놀이의 일부가 되었다. 수건 돌리기를 하다 술래에게 잡혔을 때 장기자랑이라는 도전 과제가 주어지지만 능소에겐 이것 또한 다른 놀이다. 친구들 앞에서 자신을 드러내기 좋아하는 능소에게는 술래로 잡히는 일이 어쩌면 더 신나는 놀이였

을지도 모른다. 장기자랑을 하고 싶은 마음에 술래가 되
고 싶어 걸음걸이가 느릿느릿해지던 능소의 엉성한 몸
짓. 그 숨길 수 없는 마음이 투명하게 드러나 웃음이 났
다. 이렇게 다른 우슬이와 능소가 동시에 행복할 수는 없
을까?

친구들 앞에서 장기자랑하기를 꺼리는 아이들을 위
해 '흑기사'를 도입했다. 자리를 잡지 못해 또다시 술래
가 되었을 때 장기자랑을 하고 싶지 않은 아이는 "흑기사
가 되어주세요!"만 외치면 되었다. 곤란한 친구를 위해
기꺼이 손을 드는 흑기사가 한둘이 아니었다. 친구 대신
자신의 다양한 장기를 보여주던 여러 흑기사들 덕분에
수건 돌리기는 '모두의' 놀이가 되었다. 우슬이가 술래가
되어도, 능소가 술래가 되어도 어느 누구도 현재 자기 곁
에 있는 행복을 놓치지 않을 수 있었다.

나는 혼자가 아니다. 나를 돌보는 모든 마음들 덕분
에 부족하고 불완전한 나도 새날을 맞이하고 온전히 살
아낸다. 혼자라고 느껴질 때, 도저히 혼자 힘으로 어찌할
수 없을 때, 내 주위에서 도울 거리가 없나, 하고 떠도는

흑기사의 다정한 손을 잡아보자. 그 덕에 좀 더 나아진 내가 언젠가는 누군가의 흑기사가 될 수 있도록.

"공들인 시간은 배신하지 않는구나."

아들이 미술 학원을 다니던 초기부터 최근까지 그렸던 연필 소묘 작품들을 보니 이런 말이 절로 나왔다.

"응. 가끔 안 그럴 때도 있지만."

엄마가 묻는 말에 "응", "아니"로만 답하는 중2 아들의 답변이 제법 길어 배시시 웃음이 새어나왔다. 맥락은 '응, 아니'와 다름없었지만 사춘기 아들을 둔 엄마에겐 아이의 답변이 몇 음절만 길어져도 '사건'이다. 공들인 시간이 배신했던 적이 있었냐고 묻고 싶지만 답변이 길어지는 질문은 달가워하지 않는 청소년의 심리를 무시하면 안 되므로 이쯤에서 끝낸다.

아들이 소묘 연습을 하던 초기 작품은 선이 거칠고 명암이 고르지 않아 빛의 표현력이 명확하지 않았다. 시간이 흐를수록 연필 선은 미세해지고 부드러워졌다. 어둠은 무조건 진하게 칠한다고 완성되는 것이 아니라 수십번, 수백 번의 섬세한 선을 겹쳐야 명징하게 표현된다는 것을 알려준 건 지난한 연습 시간이었을 테다.

아침에 조금 늦은 시간 때, 나는 어린이날 비행기 대회에 참여했다. 내 종이비행기가 대회 전에는 잘 날아갔는데 대회에서는 조금 날아가서 아쉬웠다.

그럴 때가 있다. 최선을 다했는데 모든 것이 일시에 어그러져버린 것 같은 순간. 도대체 잘못된 이유가 무엇인지 알 수 없고 누구를 탓해야 할지도 모르겠는 순간.

별이에게도 그런 순간이 찾아왔나 보다. 연습할 때는 잘 날아갔던 종이비행기가 정작 대회 당일에는 조금밖에 안 날아갔다니 얼마나 속상했을꼬.

100시간을 연습했더라도 정작 성과를 드러내야 하는 시간은 20분 남짓. 나를 뽐낼 시간은 짧고 그 기회는 더 적다. 대회는 별이가 종이비행기를 만들고 날리기를 연습할 때 들인 노력은 평가해주지 않았다. 종이비행기를 얼마나 멀리 날려 보냈는지 결과만을 평가하고 상을 주는 것이 어린이날에 어린이를 위한다고 열린 대회였다니, 어른들의 성숙하지 못한 생각이 미안하다.

다음에도 이 대회가 열린다면, 그때는 아이들이 종이비행기를 만드는 첫 순간부터 날리기 연습을 하는 시간 모두를 격려해주는 방식이기를 바란다. 아이들이 공들인 어느 순간도 헛되지 않도록.

오늘은 학교에서 봄맞이 대청소를 했다. (중략) 티슈를 버리려고 쓰레기통을 보니 물티슈들이 다 얼룩이 져 있어서 좀 더러웠다. 그래도 얼룩이 져 있는 티슈들을 보니 친구들이 참 열심히 한 것 같아서 뿌듯했다. 친구들도 참 뿌듯할 것 같다.

공들인 시간의 결과는 어떤 모습이어야 할까. 화려한 문구가 적혀 대문짝만하게 걸린 현수막? 온 친인척과 얼굴도 잘 기억나지 않는 동창들, 지인들에게서 폭주하듯

오는 축하 메시지? 상대 쪽에서 먼저 알아채고 다가와 주는 인기와 명성?

명이가 쓴 글에서 그 모습을 바로 본다. 공들인 시간의 결과는 어쩌면 화려함과는 거리가 멀지도 모른다. 어느 누구도 알아주지 않는 모습일 수도, 인기나 명성은커녕 또 다른 패배나 실패의 모습일 수도 있다.

그러나 공들인 사람 본인은 안다. 잔뜩 더러워진 물티슈는 곧 구석구석 닦아내느라 애쓴 노력의 다른 모습이라는 것을. 노력의 결과가 멋지고 아름다운 모습은 아닐지라도 모든 작고 기특한 애씀을 소홀히 여기지 않는 마음. 명이가 그 마음을 오래 기억했으면 좋겠다.

토요일 아침에는 늦잠을 자고 싶다. 이번 주 평일은 수학 학원 시험 준비와 학교와 학원 일정 때문에 너무 힘들었다. 수학 학원을 다녀와서 한 시쯤 바삭 누룽지 치킨 한 마리를 혼자서 다 먹고 싶다. 그리고 저녁까지 집 소파에 누워서 새로 나온 《그리스 로마 신화》 28권을 읽고 싶다. 생각만 해도 행복하다. 빨리 주말이 왔으면 좋겠다.

푸름이가 '다가오는 주말에 하고 싶은 일'이라는 제목

으로 쓴 글이다. 2학년 푸름이는 학원과 시험으로 바쁜 한 주를 보낸 스스로에게 걸맞은 보상이 무엇인지 정확히 알고 있다. 바삭 누룽지 치킨 한 마리와 《그리스 로마 신화》 28권은 힘들었던 한 주에 대한 보상이자 위로다. 떠올리기만 해도 행복해지는 보상은 힘든 오늘을 참고 견디게 하는 동력이다.

토요일 아침 늦잠 자기, 배달음식 시켜 먹기, 안락한 나만의 공간에서 미뤄뒀던 책 읽기. 내게 주말에 하고 싶은 것을 물어보았더라도 푸름이랑 다르지 않았겠다. 주중에 열심히 일한 이들에게 주어지는 선물 같은 주말. 그 주말이 열심히 한 주를 버틴 이들 모두에게 주어지는 공평한 선물이길 바란다. 푸름이네가 시켜 먹는 치킨이 얼마나 맛있으면 일주일간의 고생을 상쇄시킬 정도인지 이번 주말엔 나도 주문 메뉴 좀 바꿔볼까.

내가 주 1회 취미 미술로 유화를 배우기 시작한 지도 어느덧 1년 6개월여. 끊임없는 덧칠로 인한 소멸과 생성이 반복되는 유화를 그리며 시작은 있으되 끝은 보이지 않았던 시간들이 흘렀다. 아무리 취미 미술이라지만,

재능이 있는지 없는지도 모르는 일을 계속하는 것이 무슨 의미가 있을까 싶다. 그래도 무한반복의 덧칠을 계속하다 보면 그림 속 대상들은 결국 온전히 형체를 드러내주었고, 미숙함 속에서도 완성의 기쁨은 어김없이 찾아왔다.

의심해야 할 것은 어떤 일에 대한 내 재능의 유무가 아니라 '그 일을 하는 데 내가 재미를 느끼는가'이다. 정세랑 작가도 《시선으로부터,》에서 말하지 않았나. "누군가는 유전적인 것이나 환경적인 것을, 또는 그 모든 걸 넘어서는 노력을 재능이라 부르지만 내가 지켜본 바로는 질리지 않는 것이 가장 대단한 재능인 것 같았다. 매일 똑같은 일을 하면서 질리지 않는 것. 수십 년 한 분야에 몸을 담으면서 흥미를 잃지 않는 것. 같은 주제에 수백수천 번씩 비슷한 듯 다른 각도로 접근하는 것."이라고.

공들인 시간은 배신하지 않는다. 그렇게 믿으며 난 20년이 넘도록 아이들 곁에서 함께 그리고, 오리고, 악기를 연주하며 글을 쓴다.

아, 망했다.

　동백 꽃술을 꽃잎 속에 앙증맞게 그려 넣었어야 했는데…. 오동통한 데다 심지어 불쑥 튀어나온 꽃술은 색감의 조화마저 이루지 못해 붉은 꽃잎과 따로 놀았다. 이러다간 지난 레슨까지 혼을 갈아 그린 동백 꽃잎마저 자리를 보존할 수 있을지 모르겠다. 위기 상황이다.

　유화 수업 5회 차. 지난 시간 동백 꽃잎 채색을 대강 마무리하고 비워두었던 꽃술을 그려 넣는 순서였다. 마음이야 선생님께서 가르쳐주신 대로, 연습한 대로 그리고 싶었지만 유화 생초보의 붓은 마음처럼 움직이지 않는다.

"선생님, 어떡해요."

간절한 눈빛으로 미술 선생님께 SOS를 보냈다.

"아, 괜찮아요. 크기가 커진 것일 뿐이니 주변 꽃잎과의 경계선을 덧칠해가면서 수정하시면 돼요."

말이 쉽지, 어디 그게 생초보에게 가능한가.

미술 선생님은 말씀하신 대로 꽃잎과 꽃술의 경계를 덧칠하는 방법을 시범으로 보여주었다. 과연 신기하게도 꽃술 테두리와 맞닿은 꽃잎 부분을 덧칠하며 마른 붓으로 부드럽게 펴주니 꽃술의 크기는 작아지고 동백 꽃잎의 경계는 더 선명해졌다. 선생님께서 하신 대로 다른 꽃술을 따라 해보니 한겨울에 귀한 꽃을 활짝 피워낸 동백꽃의 꽃술 모양이 제법 완성되었다. 한 시간 반 동안 꽃술 두 개 그렸지만 말이다.

덧칠을 통해 실수한 부분을 수정할 수 있다는 점이 유화의 최대 장점인 것 같다. 이전에 망친 부분까지 복구해내는 덧칠의 기적. 우리 삶도 이렇게 덧칠할 수 있어 이미 엎질러진 말을 주워 담고 잘못된 행동을 고칠 수 있다면 얼마나 좋을까. 그럴 수 있다면 남의 눈의 티끌엔 분 개해놓고 내 눈의 대들보에 관대했던 날들을 마구 덧칠 하고 싶다.

아이들은 자신이나 상대방이 저지른 실수나 잘못에 대해 어떻게 생각하고 문제를 해결하고 있을까?

나는 오늘 엄마한테 혼났다. 엄청 무서웠다. 왜냐하면 내가
콩나물밥을 먹고 싶지 않아서 엄마한테 주먹밥을 달라고 안 주면 점심
안 먹는다고 짜증냈다. 그러자 아빠는 굶으라고 했다.
생각해보니 내가 잘못했다. 왜냐하면 아까 주먹밥을 먹고 싶다고 말을
하지 않고 무조건 짜증을 냈기 때문이다. 그래서 아빠가 왜 굶으라고
했는지 알았다. 다시는 엄마, 아빠에게 무조건 짜증내면서 투정
부리지 않아야겠다.

싱아가 쓴 '엄마한테 엄청 혼난 날'이라는 제목의 글 이다. 밥투정을 하다 부모님께 혼이 난 모양이다. 싱아는 글에서 문제의 원인을 자신에게서 찾고 반성하는 모습 이다. 어린이의 반듯한 모습에 절로 아빠 미소가 지어질 지도 모르겠다. 그러나 좀 더 들여다보면 아빠에게 혼이

난 후 싱아가 알아서 자신의 잘못을 깨달았다는 말이 진짜였을까, 싶다.

싱아가 어떤 아이인가! 싱아는 표정이 풍부해 급식 시간에 자신이 먹고 싶지 않은 메뉴가 나올 때마다 유독 표정이 다채로워진다. 싫어하는 음식 앞에서는 눈썹을 치켜뜨고 양미간을 찌푸리며 입꼬리가 한없이 내려앉기도 한다. 그 음식을 씹을 때면 엄지손가락을 아래로 향하여 여러 번 흔들어대며 자신이 얼마나 음식과 사투를 벌이고 있는지 온몸으로 표현한다. 그런 싱아가 음식 투정한다고 아빠에게 혼이 난 후 곧바로 반성했다니. 부모에게 혼이 난 어린이의 울적한 마음에 '왜냐하면… 때문이다.'와 같은 문장이 자연스럽게 떠오를 리가 없다.

그렇다고 싱아가 글을 거짓으로 써내지는 않았을 것이다. 다만 아빠에게 혼난 직후 싱아가 정말 어떤 생각을 했을지가 궁금하다. 싱아의 글에서 "생각해보니"가 가장 중요한 부분일 것 같은데 싱아가 '어떤 생각의 과정을 거쳐' 문제 해결에 도달했는지는 글에서 다 알 수가 없다. 미루어 짐작하건대 엄마, 아빠와의 깊은 대화를 통해 자신의 잘못을 반성하게 되었지 않았을까.

오빠는 나를 'O채소'라고 부른다. 한 번, 두 번 O채소라고 부르면 화가 난다. 그래서 자꾸 하지 말라고 얘기해도 오빠는 계속한다. 그래서 나도 오빠를 'O주스'라고 불러야겠다. 그래야 오빠도 내가 화난 느낌을 알 수 있을 것 같다.

이번 글쓰기의 주제는 '최근 가장 기억에 남는 일 떠올리기'였다. 여기서 국화는 오빠와의 일화를 남겼는데 어느 집이건 남매지간에 사이가 좋은 집을 찾기란 쉽지 않나 보다(우리 집에도 이런 남매가 산다). 무조건 사이좋게 지내라고 하기엔 남매지간의 말과 행동 방식이 너무 다르다. 성인인 부부지간에도 서로의 말과 행동을 이해할 수 없는 일이 얼마나 많은가.

우선 국화가 자신이 싫어하는 행동을 계속하는 오빠에게 가르침을 전달하겠다는 용기에 박수를 보낸다. 해결하기 어려운 문제를 마주하면 자주 눈물을 보이던 국화에게 일 년 내내 끌어내고 싶었던 강단이다.

자신을 괴롭히는 일에는 참지 말고 목소리를 내어야 한다. 국화가 오빠와의 관계에서는 좀 더 현명한 해결 방법을 찾길 바라지만, 세상에는 참 나쁜 악당들이 많으니 '눈에는 눈, 이에는 이' 방식으로 돌려주고 싶은 그 마음,

충분히 알겠다. 참다가 곪아 터지느니 지혜롭게 터뜨리고 되찾은 마음의 평화로 더 공고한 관계를 만들어가면 된다.

누구나 실수를 한다. 한데 잘못된 행동에 자책만, 후회만 있다면 이후의 삶이 나아지기를 기대하기 어렵다. 어쩌면 실수는 나를 업그레이드시키려고 찾아온 과외선생님일지도 모른다. 그러니 고민하고 도모하자. 자신의 실수를 반성하고 다른 사람의 잘못된 행동을 통해 배우는 것, 그것이 '지금보다 괜찮은 나'로 나아가는 길이니 실수와 대면하기를 두려워하지 말자.

"벌써 목요일이야. 시간이 정말 후딱 지나가는 것 같지 않니?"

"아니요! 너무 느리게 지나가요!"

"그래? 왜 너희들이랑 선생님이랑 시간이 다르게 지나가는 것 같은지 알아?"

"왜요?"

"어린이들은 매 순간의 작은 일들을 모두 기억에 담는데. 이렇게 하나하나 수많은 기억들이 연결되면서 시간이 흘러가니 시간이 느리게 지나는 것처럼 느껴지는 거래. 그런데 선생님같이 나이가 든 어른들은 꼭 기억하고 싶은 것들만 기억한대. 그래서 몇 가지 일들만 연결되며 시간이 흘러가서 시간이 후딱 지나가는 것 같은 거래."

　주말권으로 성큼 접어든 목요일 아침. 쏜살같은 시간이 새삼스러워 아이들과 나눈 이야기다. 마지막 말에 아이 하나가 다른 반응을 한다.
　"저도 일주일이 빨리 지나갔어요!"
　아이는 어른의 시간을 갖고 싶었던 모양이다. 시간이 슬로모션처럼 느리게만 흐르는 것 같았던 어린아이였을 때는 언제 어른이 될지 까마득하기만 했다. 작은 보폭, 느리게 내딛는 발걸음으로 언제 어른이 되나 멀고도 아득했다. 그 먼 길을 슬로모션으로 가야만 한다는 현실을 자각하면 또 어쩌나 망연하던지. 그땐 선생님도 너희들처럼 빨리 어른이 되고 싶었단다.

　간혹 아이들은 묻는다. 어른이 되면 어떠냐고, 어른이 되어서 좋으냐고. 너희들이 묻지 않았으면 좋겠다. 하루하루 성장하는 너희들이 나아갈 방향이 어른이라면 그 길이 정말 멋진 길이라고 격려해야 할 텐데, 마음껏 그럴 자신이 없어서. 그래도 그 길에 꼭 가야만 한다면 먼저 어른이 된 사람으로서 좋은 본이 되어주어야 할 텐데, 내가 또 그럴 만한 사람인지 못 미더워서.

어쨌든 많이 부족하지만 너희들 앞에서는 충만한 어른의 모습이길 바라며 일주일을 달려왔다.

아이들과 세계 여러 나라에 대해 알아보는 단원을 공부 중이다. 가고 싶은 나라의 이름을 풍선에 써서 보자기에 띄우며 친구들과 반환점을 돌아오는 놀이를 했다. 이름하여 '세계 여행 놀이.' 세계 여행은 큰 결심이 필요한 꿈만 같은 일이지만 가고 싶은 나라를 새기며 가상으로 떠나보는 세계 여행은 상상만으로도 설렌다. 놀이 후 아이들이 써낸 글에서 아이들의 생각을 읽고 배움을 들여다본다.

> 4교시에 여행 풍선 놀이를 했다. 하는 방법은 보자기에 풍선을 넣고 떨어지지 않게 하고 제자리에 돌아오기인데 떨어지면 다시 시작해야 한다. 우리 팀은 2팀이었는데 1팀이 12점, 우리는 5점, 3팀은 5.5점이었다. 우리가 졌지만 우리는 최선을 다해서 괜찮았다. 1팀에게 박수를 쳐줬다.

'아쉬운 여행 풍선 놀이'라는 제목으로 금이가 쓴 글이다. 과정에서 최선을 다했다면 잘하지 않아도 괜찮다는 것을 알게 하는 것. 이것이 우리 반 아이들과 만난 3월에 다짐했던 담임으로서의 한 해 목표였다. 나와 함께한 시간 속에서 금이가 이렇게 생각하는 태도를 갖게 되었다면 참 좋겠다. 금이는 이미 과정의 중요성을 알고 있는 아이이긴 하지만 말이다.

진 쪽이 이긴 쪽에게 박수를 쳐줄 수 있는 여유는 아무나 가질 수 있는 게 아니다. 과정에서 최선을 다한 사람만이 결과에 의연할 수 있는 법. 금이는 그 어려운 일을 해내었다. 장하다.

오늘은 세계 여행 놀이하는 날이다. 강당에 가서 놀이를 시작했다. 우리 팀은 서연, 지성, 민재… 였다. 우리 팀은 계속 꼴등으로 왔지만 그래도 최선을 다했으니까 괜찮다고 느꼈다. 그리고 그 풍선(놀이 재료)은 (놀이를) 제일 잘한 사람에게 주는 거여서 다 지성이에게 투표했다. 그래서 지성이가 (풍선을) 받았다. 왜 지성이가 받았냐면 다른 팀과 부딪치면 미안해라고 계속해서 말하고 짜증도 안 내고 싸우면 말리고 그래서 지성이가 받았다.

샘이가 쓴 '세계 여행 놀이하기'라는 글에서도 역시 아이는 최선을 다한 스스로에게 괜찮다고 말해준다. 만족스러운 결과를 얻지 못해도 최선을 다한 자신을 보듬어 안을 수 있는 사람은 다른 이에게도 관대할 수 있다. 비교를 통해 자신이 이룬 성과를 평가절하하지 않는 사람은 보다 공정한 잣대로 다른 이를 판단할 줄 안다. 그래서 팀에서 최선을 다하며 팀원들에게 열심히 하도록 용기를 준 팀의 MVP를 뽑으라는 말에 지성이를 뽑을 수 있었다.

아이들의 평가는 어른들의 평가보다 투명하고 공정하다. 결과가 아니라 과정 중에 어떻게 행동했는지를 보고 MVP를 판단한 근거는 얼마나 적절한가. 이러한 판단을 내린 것이 샘이 혼자만이 아니어서 더 큰 기쁨으로 다가온다. 어떤 행동이 모두에게 이로운지 아는 아이들은 스스로 그 방향으로 나아가려 노력할 테니까.

나는 이 놀이가 '세계 여행'이라는 것은 알았지만 또 다른 정보를 얻었다. 내가 옛날에 게임을 할 때, 친구들과 협력을 안 했더니 이길 수 없었다. 하지만 협력을 잘하면 좋은 결과를 얻을 수 있다는 걸 알 수 있었다. 물론 그렇다고 또 다 이기는 건 아니다. 그래도 이번엔 우리

모둠이 1등이었다.

'협력이 중요하다!'라는 글을 쓴 시내는 1등을 하고도 마냥 우쭐해하지 않는다. 어떻게 해서 1등이라는 좋은 결과를 얻었는지 이유를 살피고 거기에서 배움을 얻는다. 과거의 경험을 현재의 자양분으로 삼는 아홉 살의 태도는 웬만한 어른보다 성숙하다. 친구들과 협력을 잘해야 좋은 결과를 얻는다는 것을 아는 아이는 앞으로도 다른 이들과 함께하는 상황에서 자신의 역할을 잘 찾을 테다. 시내에게 이 말을 꼭 전하고 싶다. '시내야, 너는 단단하고 멋진 여성으로 성장할 거야. 협력한다고 매번 이기는 것은 아니지만, 함께 살아가는 이들과의 조화를 생각하는 어린이라면 분명 좋은 어른으로 성장할 테니까.'

아이들의 글을 보니, 좋은 어른의 본을 보이기 위해 어쭙잖게 고군분투하지 않아도 되겠다. 내가 할 일은 그저 아이들 속에 있는 선한 면을 들여다보고 감응하여 더 드러나게 하는 것이다.

과정에 최선을 다했다면 잘하지 않아도 괜찮음을 알게 하는 것. 등수에 상관없이 친구들과 함께하는 과정을

오롯이 즐기도록 하는 것. 일부러 이런 것들을 가르치지
않아도 스스로 배울 만큼 아홉 살들은 지혜롭다.

매주 수요일은 '전학공'이 있는 날이다. '전학공'은 '전문적 학습공동체'의 약자로 교사들이 다양한 방식으로 배움을 나누는 학습공동체를 말한다. 우리 학교는 규모가 커서 학년별로 전학공이 이루어진다. 그러다 보니 동학년 교사들이 돌아가면서 각자 나눌 수 있는 배움의 주제를 선정하고 준비해 운영하고 있다. 동학년 선생님들이 워낙 경력도 많은 데다 배움에 대한 열정도 대단해 매주 전학공 시간이 끝날 때면 모두들 눈 밑 다크서클이 한층 짙어진다.

"우리 너무 진지해."

"오늘도 너무 많이 배웠어."

"다음엔 좀 더 가벼운 걸로 합시다!"

오전 수업을 끝낸 후 이어진 '너무 진지한' 배움의 시간을 두고 다들 투정 섞어 투덜거리곤 한다. 그러면서도 다른 반 선생님이 배우는 자리에 빠지고는 못 사는 우리, 천생 '선생'들이다.

오늘은 '글쓰기로 함께하는 삶의 대전환'이라는 거창한 주제로 전학공이 이루어졌다. 한 주제씩 돌아가면서 맡아 진행하는 방식이라 달리 큰 재주가 없는 내가 맡은 주제였다. 글쓰기에 대해 뭔가 반짝이는 배움을 나눠주리라 기대할 선생님들을 생각하니, 여간 부담스러운 게 아니었다. 글쓰기 관련 책을 뒤적이고, 틈틈이 메모해둔 공책을 들여다보며 공유할 자료를 만들다가 회의감이 들었다.

'해오던 거 하면 되지, 뭔가 좀 있어 보이고 싶은 마음이 앞섰구나. 또 상대가 원하는 것은 들여다보지 않고 내가 전달하고 싶은 것만 생각하고 있구나.'

교사들은 무엇을 배우든지, 당장 내일 수업에 활용할 수 있는 것에 마음이 가기 마련이다. 물론 10년 후 자신의 달라진 모습을 상상하며 오늘의 새로운 배움을 천천히 음미하는 사람들도 있겠지만, 교사에게 중요한 것은 뭐니 뭐니 해도 당장 '내일의 수업'이다. 오늘 접한 일이 내 반 아이들에게 무척 유용해 보이고, 내일 당장 사용 가능한 것이라면 눈이 '번쩍'이는 게 교사들이다.

최근에 들은 온라인 글쓰기 연수를 바탕으로 좋은 글쓰기가 무엇인지, 아이들의 글을 제대로 보려면 어찌해야 할지 이야기를 나눌 때만 해도 다른 전학공 시간과 별반 다르지 않았다. 그런데 이야기가 끝나자 선생님들이 정말 궁금했던 것에 대한 질문들이 튀어나왔다.

"아이들 글을 언제 읽어주세요?"

"그럼 선생님은 반 아이들 글쓰기를 정기적으로 지도하시나요?"

"아이들 글을 어떻게 고쳐주나요?"

선생님들의 질문을 바탕으로 평소 내가 아이들의 글을 대할 때 유념하는 기본적인 생각을 두 가지로 나누었다.

잘 쓴 글과 잘 쓰지 않았더라도 한 번도 읽어주지 않은 글 함께 읽어주기

아이들은 교과서에 수록된 글보다 친구의 글을 보며 더 많이 감응하고 배운다. 그렇지만 아이들의 글을 읽어줄 때 유념해야 할 일이 있다. 아이들에게 글쓰기를 하게 하는 궁극적인 목적은 아이들로 하여금 즐겁게, 자발적으로 글을 쓰게 하는 것이다. 잘하는 친구의 글을 보여줘서 잘 쓰지 못하는 아이들을 주눅 들게 한다면 차라리 안 하느니만 못하다. 그래서 잘 쓴 글과 잘 쓴 건 아닐지라도 한 번도 읽어주지 않은 글을 함께 읽어주고 있는데, 얼마 전에 우리 반 한 친구의 글쓰기 공책을 보고 가슴이 철렁했다.

오늘도 선생님은 내 글을 패스하셨다.

글 첫 문장에 머리를 한 대 맞은 듯했다. 나름 신경 쓰면서 돌아가며 읽어준다고 생각하고 있었는데도 안 읽어준 아이가 있었던 것이다. 아이의 첫 문장은 이날 쓰기로 한 주제와 동떨어진 것이었지만, 이 한 문장에 온 마

음이 모여 있었다. 대오각성하고 다음 날 이 아이의 글을
제일 먼저 읽어주었다. 아직 어린아이들이라 전날의 기
억은 다음 날의 새로운 사건으로 덮이기 마련이다. 그런
데도 이틀 후 아이가 쓴 글의 첫 문장은 이러했다.

우와! 드디어!!!!!!!!!!!!!!!!!!!! 우와~우와~우와~!!!!! 선생님이 내
글을 읽어주셨뜨아!!!!

같은 말은 되도록이면 반복하지 말도록 하렴, 느낌표
는 한 번만 쓰는 거야, 맞춤법에 맞게 써야지, 같은 말들
은 개나 줄 말들이다. 아이의 마음이 고스란히 드러난
글, 이보다 정직하게 마음을 표현할 수 있을까? 생각이
피어난 자리에서 솔직하게 써 내려간 아이들의 글은 어
떻게 조금 더 수려하게 글을 쓸지, 미사여구나 고민하는
나에게 정신을 차리라 한다. 솔직함이 묻어난 아이들의
글은 언제나 읽는 이의 마음을 훅 끌어당긴다.

직업 놀이를 했다. 나의 직업은 떡볶이 가게 직원이다. 장사가 안
된다ㅠㅠ 70% 세일로 했다. 그래서 사람이 올 줄 알았는데 사람이
안 온다. 요즘 사람들은 양심이 없다. 기분이 안 좋다.

'직업 놀이'라는 제목으로 글을 쓴 우주. 자신이 정한 직업으로 가게를 꾸며 친구들과 놀이를 한 후 쓴 글이다. 처음에 기대했던 것보다 장사가 잘 안된 모양이다. 우주가 다른 가게를 열었다면 조금 나았을까. 우주의 글이 우주의 삶과 깊게 연결되어 있다는 것을 알면 아이의 짧은 생각이라고 그냥 흘려보내기 어려워진다.

우주 엄마는 반 친구들이 전부 아는 동네 분식점을 운영한다. 한참 수도권 코로나 확진자가 갑작스럽게 늘어나 갑자기 며칠 줌 수업을 해야 했다. 그때 엄마의 가게에서 핸드폰 줌을 통해 수업에 참여했던 우주. 엄마의 가게에서 많은 시간을 보낸 아홉 살 생은 그렇게 코로나 시대 자영업의 현실을 직면했을 것이다.

엄마가 마련한 떡볶이가 다 팔렸으면 하는 마음에 세일을 해보지만 쉽지 않다. 장사가 잘 안되니 불편해진 마음은 이내 화풀이 대상을 찾는다. 이렇게까지 열심히 하는데도 오지 않는 손님들, 그들의 양심이 의심된다. 열심히 사는 사람에게 그에 상응하는 보상이 주어지지 않는 현실은 우주의 가게 놀이에만 일어나는 일이 아니기에 마음이 무거워진다. 놀이에서만이라도 장사가 잘되었다면 얼마나 좋았을까.

파블로 피카소는 "라파엘로처럼 그리는 데는 4년이 걸렸지만, 어린아이처럼 그리는 데는 평생이 걸렸다."라고 했다. 내 심장을 얼마나 주물러야 어린아이의 마음처럼 말랑말랑하게, 정직하게 표현할 수 있는지 나는 잘 모르겠다.

 # 아이의 글을 되도록이면 훼손하지 않고 수정하기

3월부터 글쓰기를 시작했고 친구들의 잘된 글도 수시로 읽어주고 있기 때문에 대부분의 아이들은 어떻게 쓰는 것이 자세히, 솔직하게 쓰는 것인지 '감'을 익혔다. 물론 더 나은 글도 있고 감을 찾아가는 중인 울퉁불퉁한 글들도 많지만, 글이라는 바퀴를 굴려가다 보면 조금씩 모난 곳이 매끄러워질 거라 믿는다. 그럼에도 감을 못 잡고 오래도록 나아가지 않는 아이들은 있기 마련이다.

태양이의 글쓰기 첫 문장은 90%가 "오늘은 학교에 갔다."로 시작한다. 1~2줄 쓰기, 5줄 이상 쓰기, 7줄 이상

쓰기를 단계적으로 연습해 왔는데도 태양이의 글은 여전히 3줄에서 나아가지 못하고 있다. 지금이 태양이의 글쓰기를 업그레이드시킬 시점이다.

오늘 아침에 조용히 태양이를 불러 "너의 글을 우리 반 글쓰기 공부 자료로 사용해도 되겠니?"라고 물었다. "네?" 태양이는 선생님이 도대체 왜 그러시는지 알 수 없다는 어리둥절한 표정으로 되물었다. 태양이의 글로 친구들과 이야기를 나누면 친구들의 글쓰기 공부에 굉장히 도움이 될 것 같다는 말을 듣고서야 긍정의 끄덕임을 해주었다.

〈태양이의 글〉

6월 3일

오늘은 학교에 갔다. 바다 풍경을 그렸다. 도화지에 바다 속을 그렸다. 물고기를 색칠해서. 물고기를 바다에 붙였다. 어려웠다. 물고기가 예뻤다. 그리고 기분이 좋았다.

태양이의 글을 읽고 반 아이들에게 글로는 알 수 없는 것들에 대해 궁금한 점을 질문하도록 했다. 친구의 글을 보고 질문할 때는 틀린 부분을 말하지 않고 오로지 궁금한 것만 질문하기로 아이들과 미리 약속했다.

"왜 그림을 그린 거야?"

"너는 어떤 물고기를 골랐어?"

"너는 물고기를 어떻게 색칠했어?"

"너의 물고기 이름은 뭐였어?"

"뭐가 어려웠어?"

"왜 기분이 좋았어?"

아이들의 질문은 끝이 없었다. 자신의 글에 친구들의 질문이 끝없이 이어지자 어안이 벙벙해진 표정이었지만 태양이는 조금씩 정보를 흘려 대답했다. 그리고 난 태양이가 점프한 글쓰기의 공간을 아이의 입에서 나온 말과 표현으로 채워주었다.

본래의 글에서 문법적으로 틀린 부분, 어순이 바뀌거나 마침표를 아무 곳에나 찍는 것 등은 따로 언급하지 않고 태양이의 입에서 나온 문장으로 자연스럽게 고쳤다. 그러자 태양이의 글이 아이들이 보는 눈앞에서 쭉쭉 길어졌다.

〈태양이의 수정 글〉

6월 3일

오늘 학교에 갔다. 3교시에 선생님이 "오늘은 바다 풍경을 그릴 거예요."라고 하셨다. 먼저 모둠끼리 도화지에 바다 속을 그렸다. 친구들이 물풀도 그리고 해마, 소라, 조개도 그려넣었다. 다음은 나만의 물고기를 꾸몄다. 나는 상어를 골랐다. 상어가 제일 멋져 보였기 때문이다. 상어를 파란색과 하늘색으로 색칠했다. 꼼꼼하게 색칠하는 게 어려웠다. 이빨도 뾰족하게 그려넣었다. 나는 내 상어에게 '킹상어'라고 이름을 붙였다. 왜냐하면, 내 상어가 물고기 중에서 왕이 되었으면 좋겠다고 생각해서다. 다 꾸미고 나서 물고기를 미리 그려놓은 바다에 붙였다. 친구들이 꾸민 물고기들도 함께 붙였다. 다 붙이고 나서 현아가 "진짜 바다 같아!"라고 말했다. 나도 그렇게 생각했는데. 바다 속에 물고기들이 많아져서 예뻤다. 물고기들이 친구가 된 것 같아서 기분이 좋았다.

　　마지막에 글에 어울리는 제목을 태양이에게 지어보라고 했더니 '바다 그린 그림'이라고 했다. 태양이의 제목과 아이들이 지어준 제목, '이게 바다 풍경이라고?'를 함께 적어주었다. 아이들에게 길게 쓰라고 할 때는 길게 쓰는 '방법'을 가르쳐주어야 한다는 점을 잊지 말자.

태양이가 다음 글쓰기 공책에 어떻게 쓸지 너무 크게 기대하면 실망이 크겠지? 아이들은 울퉁불퉁해지면서 발전한다. 다음에 얼마나 잘 써오는지에 초점을 두지 말고 이전의 글보다 얼마나 울퉁불퉁해졌는지를 기대하자.

아직은 멀고 먼 아이들과의 글쓰기 여정.

수레바퀴 끌 듯 뒤에서 밀어주고 앞에서 당겨주며 천천히 가다 보면 우리 반 아이들 모두가 '글 멋쟁이' 되는 날이 오겠지. 아이들을 따라가려면 멀었지만, 나도 뒤처지지 않게 바짝 따라가며 글똥을 잘 누어야지.

2학년 '분류하기' 수업 시간.

아이들은 분류하기에 앞서 각자가 생각한 '좋은 기준'을 정한다. 그렇게 분류하기 수업을 시작하면 자연스럽게 왜 '예쁜 것'과 '예쁘지 않은 것'으로 기준을 잡으면 안 되는지 배운다. 교과서 속 흐트러진 다양한 신발들을 '예쁜 것'과 '예쁘지 않은 것'으로 기준을 잡아 정리했다간 누구 하나 자신과 똑같이 신발장 정리를 한 친구가 없음을 알게 된다. 그렇게 분류상의 '좋은 기준'이란 '누가 해도 같은 결과를 만들어내는 기준'이라는 결론을 얻는다.

강당에서 신체 활동을 하기 전 빼놓지 말아야 할 것이 있다. '준비 운동'이다. 내가 학생일 땐 수시로 줄을 맞춰 서는 연습을 했었다. 나의 어린 시절과는 다른 교육과정 속에 사는 21세기 아이들은 반듯한 줄에 대한 몸에 밴 감각이 없다.

준비 운동을 위해 길게 늘어선 줄의 간격을 맞추고자 한 줄을 '기준'으로 잡았다. 기준이 된 줄의 아이들은 움직이지 말라고 하고 옆 친구들에게 양팔을 벌려 같은 간격으로 서도록 했다. 결과는… 우왕좌왕, 삐뚤빼뚤. 그러면서도 뭐가 그렇게 신나는지 키득키득. 바라보는 사람만 속이 터진다.

기준을 잡고 줄을 서는 일련의 행위가 잡아먹는 시간이 이렇게 많을 줄 겪어보고야 새삼 깨닫는다. 아이들은 자주 나의 예상 밖에 사는 존재들이라는 것을.

기준은 움직이면 안 된다고 몇 번을 말해도 옆 친구들이 움직이기 시작하면 기준의 몸도 자동적으로 따라 들썩인다. 이럴 때 보면 아이들에게 '기준'이란, 주변 친구들과 비슷한 모양으로 그 움직임에 맞추는 것인가 보다.

삶이란 누군가가 알려주는 기준에서 '나만의 기준'을 찾아가는 과정이 아닌가 한다. 삶에서 똑같은 결과를 내는 기준은 찾기 어렵다. 모두가 제각각의 모양으로 살아가니 개개 일생의 스토리는 하나같이 다채롭기 때문이다. 자기의 자리에서 자신만의 색깔로 칠하며 살다 보면 어느 곳은 뭉침이, 어느 곳은 번짐이, 또 어느 곳은 채색조차 안 된 채로 남아 있는 게 우리 삶의 원화(原畵)이지 않던가.

나의 하루를 돌아본다. 하루의 일상, 느낀 점을 주저리주저리 늘어놓은 문장들을 모아 하나의 글로 엮었지만 빈약한 글은 만족스러울 리 없다. 그래서 자꾸 내 빈곤한 글을 채워줄 좋은 문장들을 찾아 헤맨다. 쓴 사람 고유의 특성이 뿜어나오는 글을 만나면 나도 그런 글을 쓰고 싶어 안달한다. 내 것이 아닌 것을 욕심내느라 배알이 꼬인다. 커진 눈높이에 한참 못 미치는 내 글이 맘에 안 들어 또 쓰지 못한다. 쓰지 않을 핑계는 차고 넘친다.

오늘은 제기, 배드민턴 공, 종이컵을 던져서 길이 재기를 했다. 나는 2m 84cm를 날렸다. 좀 적게(짧게) 날려서 아쉬웠다. 헉!!! 6모둠은

완전 멀리 날렸다! 나는 6m 90cm라고 예상했다. 세상에, 6모둠의 모든 줄자를 합쳐도 아직 남았다. 그래서 선생님이 5m 줄자를 꺼내고 줄자 2개쯤을 더했더니 10m 30cm가 나왔다! 부럽다. 나도 그렇게 던지고 싶다.

모래가 쓴 '아쉬운 수학 시간'에서 내 모습을 발견한다. 더 멀리 던진 다른 모둠의 어마어마한 기록에 무참해지는 마음. 마음의 평화를 헤집는 건 언제나 다른 이들과의 비교 때문이다. 자족이란, 지금 내가 집중하여 행한 일 자체에 만족하는 일. 비교를 넘어서야 찾아온다.

그래도 선망하는 대상처럼 잘하고 싶다는 욕망, 부러움의 감정은 스스로를 단련시키기도 한다. 모래는 시간만 더 주어졌다면 자신의 기록을 넘어서기 위해 도전을 계속했을 것이다.

불만족스러운 자신을 넘어서기 위해 부단히 연습한다. 그것으로 더 나아진 자신과 마주친다면 기쁨이요, 설혹 드라마틱하게 나아지지 않더라도 연습 과정에서 스스로에 대한 큰 믿음이 생길 것이니 이는 더 큰 축복이 될 터다. 멈추지 않고 용기 내어 내디딜 다음 한 발에 아

껌없는 격려를 보내고 싶다. 모래에게도, 나에게도. 정세
랑 작가도 《이만큼 가까이》에서 말하지 않았나. 의미 없
는 패스는 없다고. 줄창 하다 보면 분명 뭔가로 연결되는
거라고.

> 3~4교시 때 1~2교시 때 주운 나뭇잎으로 머리 꾸미기를 했다.
> 처음엔 어떻게 해야 할지 몰라서 나뭇잎을 요리조리 움직이니 머리가
> 됐다. 그걸 목공풀로 붙였다. 벼로 앞머리를 만든 것을 보니 '역시 난
> 똥손이야.'라는 생각이 들었다. 친구들은 긴 머리, 머리띠 등 다양한
> 머리가 있어서 깜짝 놀랐다.

《나뭇잎 손님과 애벌레 미용사》라는 책을 읽은 후, 자
연물로 다양하게 인물의 머리 모양을 꾸며본 날 강이는
'나뭇잎으로 머릴?'이라는 제목으로 이 글을 썼다. 무엇
이든 열심히 하는 강이가 머리 모양이 없는 인물 도안을
받았을 때 얼마나 최선을 다해 멋진 작품으로 완성하고
싶어 했을지 그려진다. 그럼에도 익숙하지 않은 재료라
마음먹은 대로 표현되지 않아서 난감했을 것이다.

타고난 재능이 넘치는 열정을 따라가지 못할 때, 강이

가 느낀 감정은 '좌절감'이지 않았을까. 원하는 결과물이 나오지 않아 기운이 꺾여버린 어린아이가 차라리 '왜 이 낙엽은 바짝 말라 쉽게 바스락 부서지는 거야?'라든가, '이 목공풀은 언제 제대로 붙는 거야?'라고 원망했으면 좋았을 것. 어떤 엉뚱한 재료로도 멋진 작품을 만들어 내는 친구들과 비교하니 자신의 손이 똥손 같다고 한탄한다.

강이는 이날 자신의 손더러 '똥손'이라 칭했지만, 그 손으로 쓴 글씨가 바른 글씨 쓰기 교본과 매번 싱크로율 100프로였다는 사실을 상기했더라면 좀 위로가 됐으려나. 진중하고 질서 정연한 강이가 나뭇잎으로 머리 모양 꾸미기보다 더 잘할 수 있는 분야가 얼마나 넘쳐났었는지 다시 말해주고 싶다. 무엇보다, 똥손으로 만들었더라도 너의 작품은 세상 유일한 것이라는 사실도.

어렸을 땐 참 꿈이 많았다. 매일 보는 선생님은 정말 크고 멋진 어른 같아서 선생님이 되는 게 제1의 꿈이었다. 그러다 글을 잘 쓴다는 칭찬을 듣고 나면 작가, 그림을 잘 그린다는 칭찬을 듣고 나면 화가라는 꿈도 마음에 품었다. 돌아보니 그 시절 내 꿈들은 선생님들이 내게 해주신 칭찬에 기인한 것들이었다. 기왕에 쓰신 거 "넌 어쩜 이렇게 계산을 잘하니?"해주셨다면 수학에 정을 더 붙여서 수학 머리 없는 내 아이가 날 닮은 탓인가, 싶은 자격지심은 안 가졌을 텐데.

가진 것만큼 꿀 수 있는 게 꿈인가, 가진 것을 넘어서서 꿀 수 있어 꿈인가.

어릴 적 내 피부와 맞닿은 세상에서 가장 크고, 훌륭한 어른이었던 '선생님.' 선생님은 엄마, 아빠가 모르는 것까지 다 알 것 같았고, 항상 정갈하고 예쁘게 차려입은 모습은 내 주변 어느 어른들보다 멋졌다. 선생님의 칭찬 한마디에 사력을 다하게 되던 그때. 내게 주어진 상장 같은 보상은 항상 선생님이 선택해주셨기에 가능한 것이었다. 선생님이 되고 싶었던 막연한 꿈은 그가 가진 절대권력을 갖고 싶었던 것인지도 모르겠다.

칭찬과 보상을 받기 위해서는 학교가, 선생님이 '제시한 기준'에 부합하도록 나를 맞춰야만 가능한 것이었음을 이제야 안다. 그렇게 초등학교부터 고등학교까지 사회가 만들어놓은 시스템에 내 몸을 맞추려 고군분투하던 12년간의 학창 시절. 가끔 그 기준이 체질상 맞지 않았던 친구들이 선택할 수 있는 대안은 많지 않았다. 그리고 미래에 대한 불안과 방황은 기준을 따르지 않는 개인이 오롯이 책임져야 할 몫이었다. 그렇게 꿈을 접은 친구들, 그들은 또 다른 나였다.

국어 시간에 선생님이 종이를 주셨다. 거기에 〈내가 되고 싶은 것, 내가 잘하는 것, 내가 좋아하는 것〉이 써 있었다. 덕분에 친구들이 되고 싶은 것을 알게 되었다. 언젠간 그 꿈을 이루었으면 좋겠다.

경찰관이 되고 싶다던 이 문장의 주인공 그루. 친구들이 되고 싶다던 미래의 꿈들은 간호사, 발레리나, 가수, 축구 선수, 수의사, 외교관, 선생님 등 다양했다. '아이언 맨'이 되고 싶다던 한 친구의 말에 모두가 까르르 웃었지만, 그 아이가 언젠가 우주 비행사가 되어 광활한 우주를 누빌지 그 누가 알랴.

이렇게나 많고 다양한 아이들의 꿈이 실현된다면 세상은 얼마나 다채로운 모습이 될까? 어릴 적 마음에 품었던 수많았던 꿈은 학년이 올라갈수록 가짓수가 줄어들어 대학 입시를 앞두고는 어느 것 한 가지도 또렷하지 않다. 내가 무엇을 좋아했는지, 뭘 잘하는지도 희미해진다. 학업성적은 개개 학생의 흥미와 적성을 다 드러내주지 않으니까.

우리들의 그 많던 꿈들은 다 어디로 간 것일까?

장래희망이란, 자신이 흥미 있고 잘하는 것에 기반해 되고 싶은 미래상을 꿈꾸는 일이어야 하지 않은가. 자신이 잘하는 것, 좋아하는 것을 버리고 사회에서 추앙받는 일만 좇다 놓쳐버린 미래의 천문학자, 우주인, 배우, 작가들을 우린 어디에서 되찾을 수 있을까.

나는 도서관에 가면 즐겁다. 천국 같다. 책을 펴면 빠져든다. 생각하지 못한 이야기들, 내 머릿속의 책 이야기에 빠져든다. 내 머리도 도서관! 책을 볼수록 더 보고 싶다. 결정했다! 내 꿈은 사서. 멋진 사서. 멋진 책을 보여주는 사서.

초롱이의 꿈은 '사서'라고 한다. 책을 좋아하고 책이 가득한 도서관을 좋아하니 그 공간을 지키고 선 사서 선생님이 얼마나 멋지고 부러웠을까. 그런데 이상하게 난 초롱이가 작가가 될 것만 같다. 맞춤법은 저 세상 일인 양 개의치 않고 의식의 흐름대로 글을 써 내려가는 초롱이의 재능은 분명 '글쓰기'에 있어 보이기 때문이다. 초롱이의 글을 읽을 때마다 아이의 머릿속에 펼쳐지는 상상의 세계에 감탄한다. 그리고 궁금해진다. 초롱이는 커서 어떤 사람이 될까?

우리 선생님께서 국어 시간에 국어책 속 인물 말풍선 따라하기를
했는데 실감 나게 읽었다고 배우해도 되겠다고 칭찬해주셨다. 기분이
좋았다.

　외교관이 되고 싶다고 했다가 생물학자로 꿈을 바꾼
우리 반 백과사전 옹이. 옹이는 평소에 책을 많이 읽어
다양한 분야에 대한 지식이 넘쳐나는 아이였다. 수업 시
간에 옹이가 '생물 다양성 문제'나 '생태계'에 대해 언급
했을 때, 2학년 우리 반 친구들이 어디까지 이해했을지
자못 궁금하다.

　아는 것을 말로 다 설명해내기에는 2학년의 어휘가 야
속하다. 그런 답답함을 온몸으로 표현하곤 하던 옹이. 그
표현력이 귀엽기도 하고 재밌기도 해서 내가 배우해도
되겠다고 말했던 모양인데, 아무래도 옹이에게는 외교관
이나 생물학자가 더 맞는 것 같다. 옹이가 내 칭찬에 감
동받아 꿈을 바꾸는 사태가 생기면 어쩌나…. 까짓거 옹
아, 앞으론 N잡러가 대세니, 외교관, 생물학자에 배우까
지 몽땅 다 해버리자!

　30년쯤 후에 이 꿈 많은 아이들이 어떤 모습으로 성장

했을지 무척 궁금하다. 그때 혹여 소식을 알게 될 내 어린 제자들에게 부끄럽지 않도록 나도 오늘을 잘 살아내야겠다. 누군가의 꿈이었으나 실현되지 못한 채 부유하는, 현재 무엇에 마음이 있는지 몰라 갈팡질팡하는 모든 이들의 꿈이 제자리를 잘 찾기를 바란다.

남들은 향후 부동산 흐름을 보고 이런저런 가치를 따져 집을 택한다는데, 나는 태생적으로 이것이 잘 안 된다. 내가 집을 택하는 첫 번째 기준은 '내 마음을 끄는가'이다. 물론 여건이 허락하는 한에서. 돈 냄새를 잘 맡지도 못하거니와 조만간 값이 오를 것이라는 냄새를 풀풀 풍기는 집이어도 마음 어딘가를 건드리지 않는다면 끌리지 않았다. 내 삶에 어떤 큰 변동을 감수해야 할지 모르는데 머릿속 계산기는 믿을 게 못 되었다. 집은 사람과 같아서 세상에 지친 내 영혼이 기대고 마음의 평안을 얻을 수 있는 곳이어야 했다.

아들, 딸이 어렸을 때는 아파트에 살았다. 그런데 아무리 아이들을 조심시켜도 아랫집 아주머니는 왜 자꾸 뛰는 거냐며 매일 층간소음을 호소하셨다. 사는 내내 스트레스를 받아서인지, 이제 아이들이 뛸 일도 없이 훌쩍 커버렸는데도 아파트엔 마음이 가지 않는다. 한 치의 오차도 없이 딱 맞춰진 블록 안에 겨우 차지한 한 칸이 왜 그렇게 비싼 것인지 셈이 느린 나는 도통 이해가 안 된다.

남편은 단독주택도 원했지만, 보안 문제와 녹록지 않은 관리 등으로 고심하다 우리 부부가 선택한 곳이 지금 사는 3층짜리 빌라였다. 서로에게 로또 같은 사람, 안 맞아도 이렇게 안 맞을 수가 없는 남편과 나의 취향을 동시에 만족시키는 유일한 집이었다. 주변 아파트들이 천정부지로 가격이 오를 때 오래된 빌라에 사는 우리는 황금 보기를 돌같이 하는 선비처럼 점잔 빼며 배 아픔을 꾹꾹 누르고 있어야 했지만, 그렇다고 아파트로 옮기고 싶지는 않았다.

나는 아파트에 산다. 아파트는 뛸 수 없어서 아쉽다. 할아버지, 할머니 집은 마당이 넓은 단독주택이다. 할머니, 할아버지 집 짱이다.

나래에게 가장 좋은 집은 마음껏 뛸 수 있는 마당이 있는 집이다. 꽃과 나무가 가까이에 있고 개나 고양이와 어우러져 함께 놀 수 있다면 그곳이 세상에서 제일 좋은 집일 테다. 다르게 생긴 집에서 다른 모습으로 사는 누군가를 볼 수 있다는 것만으로도 나래에게는 새로운 세상이 펼쳐질 것이다.

이런 나래도 언젠가 어른이 되면 결국 빼곡한 도시에서, 부동산 가치가 높은 집 한 칸 차지하려고 고군분투하며 살아갈지 모른다. 모양도, 구조도 비슷하게 생긴 집에서 남들과 비슷하게 사는 것을 꿈으로 삼을 수도 있다.

어떤 집에 살더라도 마당이 넓은 단독주택을 사랑하던 나래의 정체성을 잃어버리진 않았으면 좋겠다. 남들과 똑같이 생긴 집에 살더라도 남과 다르게 태어난 자신의 본 모양은 굳건히 지켜가길 바란다.

우리 집은 3층까지 있다. 내 방은 3층 구석탱이다. 3층 구석탱이 방은 지금 공사 중이다. 거기 옆이 동생 방인데 거기가 내 방의 두 배다. 내 방이 약간 세모 나서 안으로 들어갈수록 고개를 숙여야 한다. 그래서 조금 불편하다. 나는 그래도 내 방이 편하다.

'공사 중'이라는 제목의 작약이 글을 보고 깜짝 놀랐다. 작약이가 마치 내 방을 보고 글을 쓴 듯 묘사해서다. 구석에 위치해 좁고 불편한 구조일지라도 '내 방'이기에 좋다. 자신의 시간이 켜켜이 쌓인 공간엔 자신의 추억이 곳곳에 쌓인다. 나만이 알고 있는 나만의 이야기를 만들어나가는 데 물리적인 환경이 주는 영향력은 적지 않다. 작약이는 자기만의 공간에서 어떤 이야기를 만들어갈까.

엘리베이터도 없는 30년 가까이 된 내 휴식처, 낡은 빌라가 참 마음에 든다. 이곳을 좋아하는 이유는 여럿이 있는데, 내가 숨어들 수 있는 공간이 있다는 점이다. 오래된 집이라 그런지는 모르겠지만, 우리 집엔 구석방이 하나 있다. 이 방은 아이들 방보다 작아서 퀸사이즈 침대와 화장대 하나만으로도 꽉 차는 방이다. 처음 이사 들어왔을 때, 애매한 방 크기에 용도를 정하는 데 고민하다 우리 부부의 침실로 쓰기로 했다. 협소한 공간이라 이 방은 정말 잠만 자는 용도였는데 최근 용도가 바뀌었다.

아이들이 자라면서 내가 직접 소매를 걷어붙여 나서야 할 일이 줄어드니 '나의 시간'이 생겨났다. 사실 애초에 꼼꼼히 가족과 살림을 챙기는 현모양처형은 아니었기 때문에 없던 시간이 생겼다기보다는 상대적으로 시간이 늘어났다고 보는 게 맞을 것이다.

아무리 부르짖어도 가족들은 '엄마의 시간'을 절대로 '사적인' 시간으로 인정해주지 않는다. 쟁취하려고 필사적으로 노력하지 않으면 엄마의 시간을 확보할 수 없다. 일과 가사를 제대로 다 하려다 보면 일하는 엄마의 시간은 공기 중에 흩어지는 연기처럼 사라지기 쉽고, 허망한 뜬구름처럼 붙잡기 어렵다. 선택과 집중. 언제나 이것이 관건이다.

그렇게 내 시간을 확보해서 하고 싶은 것은 무엇인가 생각해봤다. 조용히 집중해서 책 읽기? 글쓰기? 하다못해 스마트폰 웹서핑이라도? 나는 그저 나만의 공간에서 홀로 있는 시간이 필요했다. 가정에서 '엄마의 시간'은 '가족의 시간'과 동의어였으니까. '내'가 없고 '엄마'만 있었으니까. 온전히 '나'를 만나는 시간을 원했다.

엄마들에겐 초능력이 있다. 부엌에 앉아 뭔가를 하려다 보면 온 가족이 신경 레이더망에 걸린다. 집안 식구들의 모든 소리와 움직임이 하나하나 실시간 포착되니 책을 잡아도, 글을 써보려고 해도 도통 집중이 될 리가.

그래서 자리 잡은 곳이 우리 집 가장 구석방이었다. 비록 등받이도 없는 작은 스툴 의자와 화장대 위의 화장품들을 밀치고 마련한 좁은 공간이지만, 책과 태블릿을 놓았더니 그 공간이 나의 서재이자 글을 쓰는 작업실로 바뀌었다. '서재'라고 하면 책이 가득 꽂힌 책장도 있어야 할 것 같고 널찍한 책상에 작업용 PC도 있어야 할 것 같지만 이 공간은 최소한의 물건만 허용되는, 우리 집에서 유일한 미니멀 공간이다. 그래서 오히려 집중이 더 잘되는 건지도 모르겠다.

구석으로 자리를 옮기니 그전에는 아무렇지 않게 엄마와 아내의 시간을 침범하던 가족들이 내가 필요한 일이 생길 때면 조심스럽게 알현(?)을 청한다. 물리적인 위치만 옮겼을 뿐인데 사람의 인식에도 큰 차이가 생기나 보다.

일단 나부터 집중이 되어 좋다. 애매한 어딘가에 위치해 있을 때는 온 가족에게 신경을 쓰느라 내 시간에 집중을 못했다. 그런데 구석에 들어와 있으니 가족들이 시야에 들어오지 않아서 신경이 덜 분산되는 효과가 있다. 남편도 이 방에서 내가 뭔가에 집중하고 있으면 문을 빼꼼히 열었다가 그냥 가곤 한다. 그렇게 바라던 엄마의 '사적인' 시간과 공간이 인정된 듯했다.

아내의 셀프 감금(?)이 어색한지 남편은 가끔 들어와 건드리고 갈 때도 있고, 엄마가 고파진 아들 녀석이 무심히 들어와 침대에 가만히 누웠다 가기도 한다. 하지만 어떻게 쟁취한 나의 시간인데, 허투루 쓸 수 없다. 매몰차게 눈길을 거둔다.

잠만 자던 반쯤 죽은 공간이었던 구석방이 책을 읽고 필사를 하고 글을 쓰는, 그렇게 '딴짓'도 할 수 있는 엄마의 사적인 공간으로 거듭났다. 내가 머무르는 곳에는 단지 나만 있었던 것이 아니다. 공간과 내가 만들어내는 에너지는 감각이 되어 습관화된다. 그러니 나는 화장대에 앉아야 비로소 읽던 책의 맥락이 들어오고 글을 한 줄이라도 쓸 생각이 드는 것일 테다.

이 공간이 참 좋다. 내가 내 본 모양과 만나는 것 같아서 마냥 좋은 공간. 다른 사람이 명명해준 역할을 잠시 접고 오롯이 '나'로 있을 수 있는 공간. 우리 모두에겐 그런 '사적인' 공간이 필요하다.

2부

지루한 매일을
찬란하게 사는 법

담임 선생님 얼굴 그리기.

이게 뭐 즐거운 일이라고 요즘 우리 반 여자아이들 사이에 유행하는 놀이다. 유행은 성공 여부를 떠나 행위 자체를 재미나게 하는 친구들이 주도하기 마련이다. 평소 쉬는 시간마다 시끌벅적한 단짝인 두 아이가 하는 놀이는 금세 다른 친구들이 따라하는 놀이가 되곤 했다. 그런데 이 친구들이 이번엔 담임 선생님 얼굴 그리기 놀이를 하기로 마음 먹은 모양이다. 처음 한두 번은 안경과 짧은 머리로 내 특징을 잡아 그려 건네주더니, 즐거워하는 내 반응에 신났는지 쉬는 시간마다 그려오는 것이었다.

그러다 점차 아이들의 그림에서 안경이 빠지더니 만화 주인공처럼 눈이 비현실적으로 커졌다. 급기야 긴 머리 아리따운 여인의 모습을 그려내기에 이르렀다. 이쯤 되면 담임 얼굴은 안중에서 사라지고 자신들이 하는 놀이에 빠져 그저 그리고 싶은 것을 그리는 게 아닐까? 그림을 그리면서도 뭐가 그렇게 즐거운지 아이들은 신나서 어쩔 줄 몰라 한다. 모든 일상을 놀이로 만드는 아이들의 세계가 그저 감탄스러울 따름이다.

그림을 그리는 여자아이들이 한 축이라면, 다른 한 축의 아이들도 담임을 상대로 할 만한 또 다른 재미난 놀이가 없는지 궁리했나 보다. 급식 후 이를 닦기 위해 치약과 칫솔을 들고 교사용 화장실로 향하는 내 뒤를 서너 명의 아이들이 졸졸 따라붙었다. "선생님 이 닦는 거 구경 가자~!" 하면서. 아이고, 코로나 유행으로 뛰어놀기가 어려워지자 재밌는 게 부족했나 보다. 오죽하면 선생님이 닦는 모습 구경하는 게 놀이가 될 수 있었을까. 우습고 귀엽다가 한편 짠해진다.

처음엔 화장실 밖에서 유리문을 통해 시끌시끌 지켜

보던 아이들은 담임 선생님의 양치질에서 어떤 특별한 일도 발생하지 않음을 눈치챘다. 그렇게 선생님 양치 구경하기는 자연스럽게 놀이에서 멀어졌다. 모든 놀이의 속성이 그러하겠지만, 예측 불가한 흥밋거리의 부재는 놀이의 재미를 확 떨어뜨리니까. 아이들의 재미를 위해 이를 닦으며 춤을 추거나 마임을 할 수도 없는 노릇이고. 그러다 내가 참 복에 겨웠구나, 싶어졌다. 인생의 황금기야 스스로 생각하기 나름이라지만, 이 나이에 어디 가서 이만한 관심을 받을 수 있을까? 도대체 누가 내 얼굴을 들여다보며 그림을 그리고 이 닦는 모습을 구경하느라 귀한 여가 시간을 들일까?

정말이지 아이들은 가까운 행복을 놓치는 법이 없다. 자신을 즐겁게 하는 대상이 무엇인지 쉽게 알아채고 최대한 누린다.

오늘 태양광 강아지 전동로봇과 팽이를 내 손으로 직접 만들었다. 믿기지 않았다. 더 믿기지 않는 것은 강아지 전동로봇이 햇빛을 받으면 움직인다는 거였다. 오늘 햇빛이 안 비쳐서 내일 하기로 했다. 너무 가슴이 두근두근거렸다.

비목이는 과학의 날 행사를 맞아 태양광 강아지 전동 로봇을 만든 후 이 글을 써냈다. 로봇을 자신의 손으로 조립해서 만들었다는 사실만으로도 기쁜데, 이게 햇빛을 받으면 움직이기도 한다니 어찌 흥분되지 않을 것인가. 구름 낀 흐린 날씨가 야속하지만 하루 동안의 기다림만큼 기대감은 더 커질 것이다. 비목이는 이날 밤 꿈에서 자신이 만든 강아지 전동로봇을 만날지도 모르겠다.

일요일에 대한민국에서 제일 어렵다는 ㅁㅁㅁ 입학시험을 봤다. 처음에는 쉬울 것 같아서 방심했지만 시험 보러 가는 엘리베이터에 타니 너무 떨려서 온몸이 오징어 댄스를 췄다. 시험장에 도착하니 형, 누나들이 잔뜩 있었다. 나는 영리한 형, 누나들의 머리를 가진 슈퍼 천재인 걸까? 라고 잠시 착각을 했다. 시험지를 받은 후 30문제 중에 5문제를 풀고 25문제를 백지로 내면서 나의 착각은 모두 사라졌다. 그래도 도전은 재밌었고 참가상으로 받은 가나초콜릿은 꿀맛이었다.

수학을 좋아하는 누리가 어려운 시험을 치른 모양이다. 큰 형, 누나들과 같은 문제를 푼다고 하니 자신이 천재가 아닐까 생각한다. 누리의 호기로움은 늘 나를 웃음 짓게 한다.

30문제 중 푼 문제는 고작 5문제고 그마저도 다 맞았을지 알 수 없지만, 누리는 이 모든 과정을 즐겁게 받아들이기로 한다. 좌절감에 빠지기보다는 큰 형, 누나들이 치르는 시험에 도전해보았다는 사실만으로도 스스로를 대견해할 줄 안다. 참가상으로 받은 초콜릿의 꿀맛은 도전한 자신이 응당 누려야 할 대가다. 도전의 즐거움과 초콜릿의 꿀맛을 놓치지 않는 누리는 될성부른 꿈나무다.

"행복은 가까운 곳에 있다."라는 말은 항상 머릿속에 지니고 다니는 문장이다. 단지 머릿속에 너무 많은 것들을 욱여넣고 사느라 필요한 타이밍에 제때 인출이 안 되는 게 문제지만. 깨달음은 항상 늦게 오고, '철들자 망령'인 게 삶인가, 생각하면 쏩쓸하다 못해 슬퍼진다.

혹시 세 잎 클로버의 꽃말을 아는가? 바로 '행복'이다. 사람들은 네 잎 클로버의 행운만을 추구할 뿐 세 잎 클로버의 행복을 외면하곤 한다.

　　　　　　　　　　　　　　　－ 김이율, 《가슴이 시키는 일》

살아가는 세월만큼 이와 유사한 말을 거듭 듣지만 제대로 가슴으로 이해되는 시기는 따로 있는 것 같다. 그게 젊은 날이었다면 훨씬 더 삶을 풍요롭게 살지 않았을까 싶지만 젊은 날엔 무엇이 세 잎 클로버이고, 무엇이 네 잎 클로버인지 구분도 어려웠던 시기 아니었던가. 그 구분이 조금은 된다면 내 옆에 지천으로 피어 있는 '진짜 행복'을 누릴 때가 되었다.

함께 식사하며 밖에서 화나고 억울했던 일에 대해 호소할 수 있는 가족이 있다면 행복하다. 일확천금과는 연이 없지만 부족한 벌이라도 어려운 이들과 나눌 수 있다면 행복하다. 열정과 시간을 들여 몰입할 대상이 있다면 행복하다. 무엇보다 내 일상을 염려하고 관심 갖는 이가 단 하나라도 있다면 행복한 삶이다.

머릿속에 든 쓸데없는 것들이 가득 찬 방을 깨끗이 치우고 이 말 한마디만 넣는다.

"나는 지금 행복하다."

어릴 적, 엄마가 학교에 오시는 게 좋았다. 학교가 끝나고 집에 가면 만나게 될 엄마였지만, 학교에서 보는 엄마는 더 특별했다. 맨얼굴도 예쁜 엄마였지만 약간 화장기가 도는 엄마는 더 고왔다. "저분이 내 엄마야!"라고 친구들에게 목청 돋워 자랑하고 싶었다. 어린이의 마음이란 무릇 그런 것이다. 자신의 든든한 '편'이자 '뒷배'인 엄마, 아빠가 뒤에서 지지해주고 있다는 것을 느끼면 어깨가 으쓱하고 오장육부에 힘이 빡 들어가는 것. 그것이 '가족'의 힘일 것이다.

그런 엄마, 아빠를 모시고 초등 2학년 아이들과 학부모 공개수업을 했다. 코로나 대유행을 거쳐온 아이들은 유치원 때도, 초등학교 1학년 때도 부모님이 참여하는 수업 활동을 해본 적이 없다. 그러니 초등학교에 들어와 처음 경험한 학부모 공개수업이 얼마나 특별했을까. 수업 후 '학부모 공개수업'을 주제로 쓴 아이들의 글에는 알록달록한 감정이 고스란히 담긴 문장들로 넘쳐났다.

오늘 긴장되는 학부모 공개수업 날이다. 내 부모님이 안 오실까 봐 걱정했다.

엄마, 아빠들이 (교실에) 들어오니까 떨리고 가슴이 벌컹했다.

수업을 듣는데 난 자꾸 엄마 쪽을 힐끗힐끗 보았다. 아무리 수업에 집중하려 해도 평소처럼 되지 않았다.

오늘 학부모 공개수업 날이다. 처음엔 약간 어색했는데 조금 지나니 괜찮았다. 계속 엄마만 보고 싶었다. 하지만 수업에 집중해야 해서 좀 아쉽고 답답했다. (중략) 뒤에 계신 엄마를 보니 눈썹이 약간 길어진 것 같았다.

학교에서 엄마를 보니 더 잘하고 싶다는 생각이 들었다. 쉬는 시간에 봤더니 엄마가 화장을 해서 그런지 예뻐 보였다.

나는 아빠가 우리 반에 와서 좋았다. 처음엔 조금 긴장이 됐다. 긴장한 이유는 공개수업을 처음 하기 때문이다. 나는 멋진 아빠가 나를 많이 보고 있나 궁금했다.

둘째 아이가 유치원에 다닐 때 학부모 공개수업에 참석했던 적이 있다. 내 수업을 조정하고 빈 시간에 다녀오느라 아이의 수업에 조금 늦게 도착했다. 맨 앞줄에 앉아서 오매불망 엄마의 얼굴이 나타나기만을 기다렸을 아들 녀석이 수업 시간 내내 수업하시는 선생님은 안 보고 뒤돌아 앉아 나만 바라보고 있어서 얼마나 난처했던지….

초등학교 2학년이나 되었으니 설마 그럴 아이는 없겠지만, 한 번도 해본 적이 없는 경험이니 아니라 단언할 수도 없었다. "엄마, 아빠들이 와도 상관하지 말고 평소 때처럼 수업에 집중하자!"라고 신신당부했지만, 부모님들이 한 분, 두 분 교실로 들어오실 때 아이들의 마음은 얼마나 요동쳤을까. 평소 때처럼 행동하기는 또 얼마나 어려웠을지. 멋을 낸 엄마, 아빠의 모습에 평소 집에서보다 더 길고 짙어진 엄마의 눈썹은 아이의 눈에 무엇보다 도드라져 보였을 것이다.

나는 원래 발표하는 게 부끄러웠는데 엄마가 있어서 용기를 냈다.

엄마가 있어서 발표를 2~3번 정도 했다. 원래는 1~2번 정도 하는데.

내가 질문을 던지자 평소에 손을 거의 들지 않던 아이가 수줍게 손을 들었다. 몸도 작고 목소리도 작고, 급식량은 더 작은 아이. 교실 뒤 다른 엄마, 아빠들 사이에서 오로지 자신만을 지켜보고 있을 엄마를 기쁘게 해주고 싶은 마음은 작은 심장도 큰 용기를 내게 한다. 엄마의 힘이다. 존재만으로도 용기를 북돋우는 엄마의 힘.

오늘 학부모 공개수업이 있었다. 살짝 긴장됐다. 엄마가 지켜보니까 좋았다. 엄마가 발표해서 내가 엄지척을 해드렸다.

엄마가 나에게 바라는 점을 말씀하셨는데 너무너무 뿌듯하고 기분이 좋았다. 엄마가 바라는 대로 작은 도전을 계속하는 용기 있는 사람이 되어야겠다고 생각했다.

아버지가 부끄러워하실 줄 알았는데 아버지는 전혀 부끄러워하시지 않고 내가 부끄러웠다. 2학기 때 또 한다면 그땐 엄마가 오셨으면 좋겠다.

　'가족'을 주제로 한 수업이라 학부모님들께 아이들에게 바라는 점을 생각해 오시라고 사전에 부탁했었다. 그렇게 수업 중간 부모님들이 발표하는 시간을 가졌다.

　한 어머님은 "작은 도전을 계속하는 용기 있는 사람이 되었으면 좋겠습니다."라고 하셨다. 마지막 글을 쓴 아이의 아버님은 "밥을 잘 먹었으면 좋겠습니다."라며 그게 아이에게 유일하게 바라는 점이라고 화통하게 말씀하셨다. 그 말씀 덕분에 조금 팽팽했던 수업 초반의 긴장이 풀어졌는데 부끄럼 많은 아이는 생각이 달랐나 보다. 아이의 엄마가 오셨다면 어떤 것을 바란다고 말씀하셨을까.

　그런 아이들도 이건 꿈에도 모를 것이다. 만면에 웃음

을 떼고 어깨를 쫙 펴고 당당히 아이들의 뒤에 서서 자신을 여유롭게 바라보고 있는 엄마, 아빠가 실은 초등학교 2학년 아이의 엄마, 아빠는 처음이라 서투르다는 걸. 아이의 어떤 면이 꼭 어릴 적 맘에 들지 않던 자기 모습 같아서 그러면 안 되는 줄 알면서도 자꾸 채근하고 잔소리쟁이가 되어버린다는 걸. 그래서 부모들이 아이들에게 바라는 점은 어쩌면 어린 시절에 워낙 많이 들어서 귀에 인이 박인 말일 수도 있다는 걸.

때로는 근엄하고 때로는 세상 모든 것을 알고 있는 듯 보이지만 엄마, 아빠는 자신의 아이가 처음이다. 그러니 아이를, 아이의 마음을 다 모른다고 하여 어찌 잘못이라고 할 수 있을까? 다만 자식은 어린 시절의 자신이 아니니 아이의 마음을 정성껏 들여다보아야 한다. 어제보다 나은 엄마, 아빠가 되기 위해 오늘 더 노력해야 한다. 먹고사느라 여유가 없었던 우리 어머니, 아버지는 잘 해내지 못한 일이더라도 오늘의 나는 과감히 해내야 하는 일이다. 내가 더 나아져야 내 아이도 지금의 나보다 더 나아질 테니까.

엄마가 와 있으니 뒤를 돌아보고 싶었다. 그렇지만 수업을 더 열심히

했다. 수업이 끝나고 엄마가 가니 좀 슬펐다.

가족은 무엇인지 (에 대해) 쓰는데 뒤가 부담스러워서 더 오래 시간이 걸렸다. 등에서 땀이 삐질삐질 났다. 내가 공부 잘하고 집중하는 모습을 보여드리고 싶었다.

어쩌면 엄마가 학교에 온 건 오늘 하루지만, 매일매일 나를 마음으로 지켜보고 계신지도 모른다. 응원해주는 엄마한테 좋은 모습을 보여드리고 싶다. 칠판을 뚫어지게 쳐다보면서 매일매일 더 수업에 집중해야겠다.

돌아보고 싶은 마음을 누르고 수업에 집중하려고 노력했던 2학년 어린 꽃들. 몇 시간만 지나면 또 만나게 될 엄마, 아빠지만 응석받이, 개구쟁이, 징징이 혹은 깍쟁이가 아닌, 의젓한 자신의 모습을 엄마, 아빠가 좀 더 많이 보아주시기를 바랐을 게다. 수업 시간에 보여준 더 의젓한 자세와 더 커진 목소리는 항상 뒤에서 든든하게 마음으로 응원하고 계신 엄마, 아빠라는 '뒷배' 덕분이었다는 것을, 언젠가 비로소 알 때가 오겠지.

수업 내내 따뜻한 눈빛으로 격려해주시던 부모님들과 그 기대에 부응하고자 최선을 다한 아이들의 마음이 함께 만들어낸 온기. 3년 만에 맞은 대면 학부모 공개수업이 그리 낯설지 않았던 이유이다.

정상의 삶에서 멀어지는 일

우리는 성장하면서 점점 더 넓은 세상과 만났다. 이전에 자신이 알고 있던 세계가 다가 아님을 알게 되는 순간, 그 순간이 '아하! 모멘트(aha moment)'였다.

우물 안 개구리가 되면 안 된다고 쉽게 말하지만 우물에서만 살던 개구리에게 우물 밖의 세상이 마냥 호기심의 대상일 수는 없다. 우물 밖에 굶주린 뱀이 아가리를 쩍 벌리고 있을지도 모르는데 어찌 두렵지 않겠는가. 우리의 아하 모멘트는 언제나 그런 두려움을 극복하고 한 발 내딛는 순간에 이루어진다.

낯선 것을 마주할 때의 두려움, 불편함 등, 부정적인 감정의 벽을 낮춰 다른 세상에 대한 수용력을 높이는 일. 이것이 어린이들이 새로운 세상과 만나는 일이며 어른이 자신의 세상에 갇히지 않는 일일 것이다.

> 학교에서 종이봉지 공주 이야기를 읽었다. 뒤 이야기가 안 나와서 집에 와서 찾아봤더니 뜻밖의 내용들이 많았다. 다른 이야기 속에는 항상 남자가 여자를 구하지만 여기에서는 여자가 남자를 구한다. 이런 상황을 예측하지 못해서 더 흥미진진했다. 씩씩하고 용감한 공주가 백설공주보다 매력적으로 느껴졌다.

백설공주, 엄지공주, 숲속의 잠자는 공주, 신데렐라… 세상엔 참 많은 공주 이야기들이 있다. 그리고 이곳엔 하나같이 고난에 처한 공주를 구하러 오는 건장하고 멋진 왕자님이 등장해 공주의 삶을 구원한다. 끝끝내 왕자의 구원을 받지 못한 인어공주는 물거품이 되어 공기 중으로 사라지는 운명을 맞는다. 결국 공주의 운명은 왕자에 의해 좌우된다는 이야기들. '여자 팔자 뒤웅박 팔자'라는 우리 속담과 맥을 같이하는 이런 이야기를 어릴 때부터 듣고 자란 우리 아이들은 어떤 세계관을 갖고 자라날까.

어릴 적부터 '너는 약한 존재니 네 문제는 강한 누군가가 대신 해결해줄 수밖에 없다.'라는 메시지를 받고 자란다면 그 견고한 프레임을 깨고 나올 때 고통이 뒤따를 수밖에 없을 것이다. 남자만큼의 교육을 받기 시작한 첫 세대라는 1970-80년대생 여자들이 육아와 커리어 사이에서 끊임없이 고민하는 이유일 테다.

당찬 MZ세대보다 더 어린 완두가 유약한 백설공주보다 씩씩하고 용감한 공주가 더 매력적이라니 이보다 좋을 수 없다. 이상한 용어들로 남녀의 능력을 가르고 편 가르기 하는 못난 생각에 빠진 세대는 가라! 이제 인간을 성 역할에 가두지 않는 완두 세대가 성큼 올 것이니! 과거에 그리 촉망받던(?) X세대는 앞으로 도래할 이 엄청난 완두 세대가 어떤 이니셜로 불릴지 무척 궁금하다.

4교시 때 선생님께서 '온 세상 사람들'이라는 제목의 책을 읽어주셨다.
선생님께서 "사람들은 머리 모양도 여러 가지야." 부분을 읽고 계실 때, 민수가 "그럼 우리 같은 머리가 정상인가요?"라고 물었다.
선생님께서는 사람들에게는 정상, 비정상이 없다고 하셨다. 나는

깨달았다. 나도 사람들에게 정상, 비정상이 있다고 생각하고
있었는데… 민수의 질문 하나가 나에게 큰 영향을 주었다.

우리가 4교시 때 읽은 《온 세상 사람들》은 세상 사람
들이 생긴 모습과 삶의 형태는 다 다를지라도 기쁨, 슬
픔, 사랑을 느끼는 마음은 똑같다는 주제를 담은 책이다.
위 글을 쓴 목련이는 '정상'과 '비정상'의 기준을 무엇이
라고 생각했던 것일까.

주변 사람들과 비슷한 모습으로, 모두가 공유하는 생
활의 틀을 벗어나지 않는 삶. 우리는 그것을 정상적이라
고 생각하며 살아간다. 사회적 동물인 인간이 정상적인
삶에서 멀어진다는 것은 무리에서 퇴출될 수도 있는 일
이며, 이는 생존과 직결된 일이었을 터다.

비카스 샤의 인터뷰집 《생각을 바꾸는 생각들》에는
인간이 알고 보면 유전자 형질상 침팬지와 98%, 고양이
와 90%, 생쥐와는 85%나 일치함을 소개하고 있다. 심지
어는 바나나 유전자와도 60%나 유사하다니 매일 아침
식사로 먹는 바나나에게 갑자기 미안한 마음이라도 들

어야 하나. 결혼 전, 먼저 결혼한 주변 선배들이 다 맞는 사람은 없으니 60% 정도만 맞으면 괜찮은 상대라고 했던 말도 떠오르고. 내일부터는 바나나와 모닝 인사라도 나누고 식사해야 할까 보다.

　침팬지나 고양이와 크게 다를 바 없는 유전자를 갖고 있으면서 너와 나를 가르고 차별을 일삼는 우리들의 모습이 우스꽝스럽다. 앞의 책에서 동물학자인 제인 구달은 98% 이상이나 유전자를 공유하는 침팬지와 인간이 다른 근본적인 원인을 '언어를 통한 정교한 의사소통 방식'이라고 말한다. 그러니 인간이 동물들과 구분되는 근본적인 차이는 외형적인 모습이나 지적인 능력이 아니라 이익을 따지지 않고도 다른 이들과 친구가 될 수 있는 소통방식에 있다고 하겠다. 그러니 자신의 이익에 따라서만 관계를 맺는 사람, 사람 위에 사람이 있다고 생각하는 사람은 조용히 유전자 형질이 다른 생물에 속하는 건 아닌지 의심해볼 일이다.

　글을 다 소개하지는 않았지만, 목련이는 위의 글 뒤에 정상, 비정상이 있다고 생각해온 자신에 대한 반성을 이

어갔다. 친구의 질문으로 자신의 그릇된 인식을 인정하고 전환을 꾀하는 태도. 점점 내가 이룬 세계를 고집하는 나에게 목련이가 주는 오늘의 교훈이다.

어린 시절을 돌아보니 어린이가 빨리 어른이 되고 싶어 하는 가장 큰 이유는 '안 돼'의 세계에서 '돼'의 세계로 어서 진입하고 싶기 때문이 아닐까 싶다. 어린이와 학생이 라는 신분으로 세상에서 내가 할 수 있는 일은 많지 않았 고, 존재 가치도 미미하다 느껴졌다. 사회적인 동물인 인 간이 사회에서 차지하는 비중이 적다고 생각하니 스스 로 얼마나 중요한 존재인지 가늠할 수 없었다.

중요한 결정을 하고 책임을 지는(거라 생각한) 어른들 이 어린 내게 하는 '안 돼'에는 합당한 이유가 있을 거라 생각했다. 나도 어서 커서 그들만이 갖는 무한 '돼'의 세상에서 중요한 역할을 맡는 멋진 사람이 되고 싶었다. 그게 내가 어른이 되고 싶었던 가장 큰 이유였다.

막상 어른이 되고 보니 민망한 어른들의 모습 때문에 순수한 아이들 얼굴을 똑바로 쳐다보기가 참 자주 부끄럽다. 어린이 앞에서 함부로 말하고 행동하는 어른들의 모습이 아이들의 글에 비칠 때, 그때라도 나를 돌아볼 수 있어서 그나마 다행으로 여긴다.

신호등을 걷는데 우리 반 친구 수진이가 있었다. 그래서 "안녕." 하고 인사했다. 우린 같이 걸었다. 뚜벅뚜벅.

"야아옹~"

"응? 무슨 소리지? 새소린가?"

갑자기 수진이가 "저기!"라고 하며 손가락으로 나무를 가리켰다. 우와! 나는 너무 놀라 눈을 끔벅끔벅거렸다. 바로 아기 고양이었다. 나는 태어나 이렇게 귀여운 고양이를 본 적이 없다. 걷기도 힘든 거 같은데 아장아장 걸었다. 귀엽기도 하지만, 불쌍한 마음이 들었다. 왠지 아기 고양이가 "엄마!" 하며 소리치는 것 같았다. 마침 어른이 보였다.

"여기, 아기 고양이요!"

하지만 어른은 무시하고 가버렸다. 그때 어떤 오빠가 "아기 고양이!" 하며 소리쳤다. 오빠가 아기 고양이를 만졌다. 나는 조마조마했다. '내 오빠가 (고양이는) 사람 냄새나면 어미가 버린다고 했는데….' 나는 고양이가 버려질까 봐 걱정됐다. "아, 늦겠다." 우린 아쉬운 마음으로 떠났다. 난 내 말을 무시하고 간 어른이 미웠다. 물론 사정이 있겠지만, 난 수진이에게 "어른이 대처를 더 잘해줄 것 같았는데…." 하며 계단을 올라갔다. 고양이 걱정을 하다 보니 교실 앞에 도착했다. 걱정된다.

유채가 '아기 고양이'라는 글에서 만난 어른은 바쁜 출근 시간에 아이의 말을 들어주기 곤란했을 것이다. 어린이는 어른들의 사정을 고려해준다. 그럴 만한 이유가 있을 거라고. 그러나 어린이를 대하는 어른의 '태도'는 어린이 스스로가 존중받고 있는지 판단하는 잣대가 된다. 아무리 바쁜 사정이 있었더라도 어린 생명을 걱정하는 어린이의 눈빛에 드러났을 간절함을 모른 척해서는 안 되었다. "에고, 추운데 어쩌면 좋을까?"와 같은 공감의 말 한마디라도 있었다면 유채는 어른을 끝까지 이해해 주었을 것이다. 대부분의 어린이들처럼.

지나간 기억은 새로운 기억들로 채워지기 마련이라

우린 어린 시절의 내가 얼마나 어른들로부터 존중받지 못했는지 잊어버렸다. 어른께 감히 말대꾸를 하면 버르장머리 없는 아이가 되었고, 수업 시간에 선생님께 쓸데없는 질문을 많이 하면 소위 '성가신' 학생이 되었다. 어른들이 그렇게 말씀하시니 다 그럴 만한 이유가 있는 줄 알았다.

방학이 되면 맞벌이 부모라는 핑계로 미뤄뒀던 아이들과의 시간을 챙겨야 한다는 의무감으로 마음이 바빠졌다. 딸아이가 방학 동안 어떤 체험이나 놀이를 하고 싶은지, 어느 곳에 가보고 싶은지 물어 계획을 세우는 일도 방학을 맞는 엄마의 일 중 하나다.

사는 곳 인근에서 할 수 있는 놀이나 체험 장소를 찾아보다 '실내 낚시터'가 눈에 들어왔다. 언젠가 식당에 딸린 연못에서 작은 채로 물고기를 잡던 생각에 딸도 신나서 따라나섰다. 그러나 낚시를 직접 해본 적이 없는 우리 모녀에게 뾰족한 바늘에 미끼를 끼우는 일, 낚싯대를 드리우고 입질을 기다리는 일, 어쩌다 온 입질을 알아채고 물고기와 사투를 벌여 낚아 올리는 일 등은 어느 것 하나

쉬운 게 없었다.

무엇보다, 미끼를 먹고 바늘에 입이 꿰인 채 올라온 물고기를 빼내는 작업은 우리 모녀가 가장 힘들어하던 작업이었다. 그 과정을 두 번 정도 하니 이 일이 더 이상 나와 딸 모두에게 놀이로 인식되지 않았다. 뾰족한 바늘에 걸린 물고기의 입을 빼낼 때, 바늘을 덥석 문 물고기의 입술을 덜 손상시키려면 물고기의 몸통을 잡고 잘 돌려 빼주어야 했다. 물고기의 몸을 잡고 있는 손이 부들부들 떨렸다. 물고기가 떠는지 내 손이 떨리는지 분간하기 어려웠다. 물고기의 눈에 드리운 고통과 원망의 눈빛도 견디기 힘들었다.

"딸, 너도 나랑 같은 생각이지?"

딸은 내 생각을 구체적으로 말하지 않았음에도 고개를 주억거렸다. 처음 하는 체험에 한껏 들떴던 마음이 어느 순간부터 고통스러워졌던 것이다. 실내 낚시터에서 물고기를 낚는 체험은 결코 즐거운 놀이가 아니었다.

어제 아파트 앞이 시장처럼 되어 있다고 해서 거기로 갔다. (중략) 남동생이 물고기를 잡는 데로 간다고 했다. 근데 물고기들이 너무 불쌍했다. 그래서 난 안 했다.

물고기를 가엾이 여기는 상사의 마음이 무엇인지 충분히 알겠다. 급식을 먹고 대부분의 아이들이 밖으로 나가서 노는 동안, 상사는 친구들과 교실에 옹기종기 모여 인형으로 역할놀이를 자주 했다. 초등학교 교육과정에 그토록 많은 역할놀이 활동이 등장하는 이유는 한 번도 생각해보지 않았던 대상이 되어 그 입장을 헤아려보라는 취지일 테다. 어린 시절 소꿉놀이로 엄마, 아빠가 되어 그 역할과 마음가짐을 간접 체험하듯이 말이다.

여자아이들은 인형으로 역할놀이를 하며 공감력이 커지는 걸까, 타고난 공감력 덕분에 인형 역할놀이에 끌리는 걸까? 그것이 무엇이든 상사처럼 작고 여린 것에 연민을 갖고 공감을 한다면, 그것들에 고통을 가하는 행위를 스스로 차단할 수 있다면, 얼마나 안심하며 세상을 살 수 있을까. 그런 안심되는 세상에서 작은 물고기도, 상사 같은 어린아이도 안전하게 살아갔으면 좋겠다.

친할머니네에 있다가 오늘 집에 왔다. 우리 집엔 물고기가 있다. 6밤이나 지났는데 죽었나 걱정이다. 다행히 안 죽었다. 역시 집이 좋다.

메밀이에겐 할머니 댁에 함께 가진 못하나 마음 쓰이

는 다른 가족이 있다. 개나 고양이는 삶을 함께하는 짝이
란 의미로 '반려'를 붙이지만 아직 그런 지위까지는 누리
지 못하면서 인간과 함께하는 생명이다.

《다정한 것이 살아남는다》에 따르면, 다른 사람 종들
이 멸망하는 와중에 호모 사피엔스를 번영하게 한 것은
'친화력'이라는 초강력 인지능력이라고 한다. 말이 통하
지 않는 대상의 안부를 걱정하는 메밀이의 다정함이 우
리 호모 사피엔스를 번영하게 한 이유가 아닐까, 생각해
본다.

지난주에 거실에 있는 몬스테라 화분에서 새로운 줄기가 나왔다.

그런데 오늘 보니 잎이 활짝 폈다. 너무 예쁘고 아름다웠다.

마리네 화분에서 새로 몬스테라 줄기가 돋았나 보다.
새 생명이 움트고 뻗어가는 과정을 놓치지 않는 마리의
눈이 참 예쁘다. 난 식물을 잘 못 기르는 곰손이라 베란
다에 푸른 정원을 가꾸는 사람들을 보면 매번 놀라곤 하
는데 그러고 보니 우리 집 유일한 식물인 떡갈잎 고무나
무에도 새잎이 돋았다. 마리네 화분의 새로 나온 몬스테
라 잎도 우리집 고무나무 잎도 잘 자라나기를 바란다.

동식물과 함께한다는 것은 의사소통이 어려운 다른 생명체의 삶을 돌보아야 하는, 결코 쉽지 않은 일이다. 그것들의 안부를 들여다보고 걱정과 연민의 마음을 갖는 것이 갓난아기를 대하는 엄마의 마음과 무엇이 다를까. 어떤 엄마도 처음부터 자식을 돌보는 데 능숙할 수는 없다. 자식을 기르며 겪는 희로애락이 부족한 초보 엄마를 좀 더 성숙한 인간으로 나아가도록 돕는 것이다. 어리고 미숙한 존재를 돌보는 행위가 결국 돌보는 자를 성장시킨다.

인간이 처음 농경을 시작하고 1만 년 사이에 지구상에는 야생동물이 1퍼센트 남짓으로 줄어들고 인간이 거의 99퍼센트를 차지했다고 한다. 생명다양성의 불균형은 종래 인간에게 가장 큰 재앙으로 다가올 것이다. 인간이 아닌 다른 생명체와 함께 살아갈 방법을 적극적으로 도모해야 하는 이유다.

그러므로 삶은 얼마나 많은 것을 이루었느냐가 아니라 얼마나 많은 생명체와 친구가 되었느냐로 평가되어야 하지 않을까. 인류의 역사에서 우리 호모 사피엔스 종이 살아남을 수 있었던 숨은 비결이자, 앞으로도 우리 종이 모든 생명체와 평화롭게 공존할 수 있는 유일한 방법은 다양한 생명체에 대한 '다정함'을 잃지 않는 것이리라.

건설적? 신나면 됐어!

초등학교 5학년 때였다. 비가 억수같이 내렸던 걸로 보아 장마철이었던 것 같다. 어린 시절의 장맛비는 항상 오늘날의 그것보다 더 대차게 소환되곤 하는데 그날은 하늘이 뚫린 듯 퍼붓는 비가 연일 계속되었던 기억이다.

"집에 있는 바가지 하나씩 가지고 나와서 물싸움 하자!"

어린 시절의 나는 거칠 것이 없었다. 집 안에만 있기 따분해 동네 친구들에게 바가지 물싸움 놀이를 제안했다. 비가 쏟아지던 날, 우린 편을 갈라 동네 골목길에서 신나게 빗물 싸움 놀이를 했다. 온몸에 비를 맞으며 아스

팔트 웅덩이의 물을 바가지로 퍼담아 상대편에 퍼부어 댔다. 우리의 몸도, 깔깔대던 웃음소리도 비와 한데 섞였다. 모두가 외출하고 조용한 집이 비에 쫄딱 젖은 우리들의 피난처였다. 씻으러 들어간 좁은 욕실에서 서로의 몸에 물을 부어주며 다음 놀이를 도모하곤 했다. 겨울철에 눈싸움 놀이가 있다면 여름철엔 장마철 빗물 싸움 놀이가 있었다. 날씨는 어린 시절의 우리를 집 안에 가두어두지 못했다.

   비 오는 날이 며칠 이어지면 우리 반 아이들의 표정이 좋지 않다. 급식 후 기껏해야 20분 정도인 바깥 놀이 시간에 학교 뒤뜰에서 실컷 뛰어놀아야 하는데, 비가 오면 나갈 수가 없다. 비 맞아도 괜찮다고 하는 아이들이 몇 있지만, 아이들에게 오염 물질을 가득 품은 비를 맞힐 수는 없다. 적어도 학교에서는 허용할 수 없는 일이다.

학교에서 거미줄 놀이를 했다. 거미줄 놀이는 모든 실을 통과하면 성공이다. 거의 모든 친구들이 실패했지만 나는 2번 나와서 2번 (모두) 성공했다. 내가 아슬아슬하게 실을 통과했다. 정말 뿌듯했다. 하지만 너무 빨리 끝내서 아쉬웠다. 만약에 학교에서 이걸 맨날 한다면 매일

학교 가는 게 마음이 콩닥콩닥거리는 일이 될 텐데… 내가 어른이 되면 이런 꿈(?)의 학교를 만들어야겠다.

 며칠 동안 비가 와서 바깥 놀이를 하지 못한 날, 냉이의 인내심이 한계에 달했다. 이런 날 학교에서 몸을 움직이는 놀이를 한다니 평소 음악만 나오면 몸이 먼저 들썩이는 냉이의 편도체가 만세를 외쳤을 것이다. 냉이는 변호사가 꿈인 아이답게 언변이 훌륭하고 평소 책을 많이 읽어 사용하는 어휘가 남다른 아이다. 그러나 냉이의 미래가 기대되는 이유는 냉이의 이런 다부진 모습 때문이 아니다. 어려운 과제가 주어졌을 때 그것을 대하는 태도 때문이다.

 냉이는 다른 친구들보다 키도, 몸집도 큰 친구라 실이 얼기설기 얽혀 있는 거미줄 놀이에는 상대적으로 불리했다. 정해진 움직임 횟수 이내에 실을 건드리지 않고 통과해야 하는 놀이가 결코 호락호락하진 않았을 테다. 그럼에도 냉이에게는 절대 이 상황에 굴하지 않을 거라는 의지가 보였다. 냉이가 줄에 닿지 않으려 온몸의 촉각을 곤두세우고 정성을 다해 팔과 다리의 움직임을 섬세하게 조절하는 모습을 비디오로 전할 수 없어 안타깝다. 그건 직접 본 사람만이 느낄 수 있는 감동이었다. 불리한 조건에도 꺾이지 않고 스스로에 대한 굳건한 믿음으로 진심을 다해 도전 과제를 수행하는 태도. 그것이 냉이의 미래가 기대되는 진짜 이유다. 냉이에게는 '꿈의 학교'를 세울 만한 충분한 기개와 진심이 있다.

> 오늘 집에서 물감놀이를 했다. 근데 섞어보니 어둡고 이상한 색들이
> 나왔다. 예전에는 밝은색들이 나온 것 같았는데 오늘은 아니었다.
> 우유색 같았다. 하얀색, 남색을 섞어서 그 색이 나왔다. 무언가
> 신기했다. 그 색은 멋지고 고요했다. 너무 이상해서 내가 아는
> 색들과는 전혀 달랐다.

이전에 알던 세상과 다른 세상을 만날 때, 설렘보다는 두려움이 앞서곤 했다. 경험해보지 않은 것을 대할 때면 선뜻 다가서기가 늘 어려웠다. 손을 내밀기가 주저되었다. 처음 맡은 일이 그랬고 처음 만난 사람이 그랬다. 그러니 보리가 물감을 섞어 전에 알던 색과는 전혀 다른 색을 만나보는 놀이는 얼마나 바람직한가.

12색, 24색, 36색… 세상의 정해진 색을 넘어 색과 색

사이에도 다른 많은 색들이 존재한다는 사실을 아는 것. 서로 다른 색들이 섞이면 새롭고 신비한 색이 만들어질 수도 있음을 아는 것. 이상한 색도, 멋진 색도 조화를 이루면 아름다울 수 있다는 것을 아는 것. 그게 어른이 되어가는 과정이 아닐까.

오늘 달래네 집에 왔다. 우리는 엄마 아빠 놀이를 했는데 나는 첫째, 달래가 둘째, 가람이는 셋째다. 그리고 주연이는 엄마다. 엄마 아빠 놀이인데 아빠가 없다. 모두들 아빠 역을 하기 싫어해서 그렇다.

고비가 친구들과 소꿉놀이를 했나 보다. 내 어릴 적 '소꿉놀이'가 아이들에게는 '엄마 아빠 놀이'라 불리는 게 재밌다. 소꿉놀이를 하려면 응당 가족 역할을 나누어야 할 텐데 아빠 역을 자처하는 친구가 하나도 없다. 왜 아이들은 아빠 역을 맡고 싶어 하지 않았을까?

아침 일찍 출근하고 늦게 퇴근하는 아빠와 함께 나눈 기억이 별로 없기 때문일까? 아빠가 어떤 말을 하고 어떤 행동을 하는지 모르기 때문일까? 부디 그런 이유들 때문은 아니었으면 좋겠다. 고비가 "여자아이들끼리 하는 놀이라 남자 역할은 하기 싫어서 그런 거예요!"라고 말해준다면 내 쓸데없는 걱정을 머쓱해하며 넉넉하게 웃겠다.

어른이 된다는 것은 놀이로부터 점차 멀어지는 재미 없는 과정이다. 언젠가부터 '논다'라는 말은 '건설적인' 일과는 동떨어진 '아무것도 하지 않는' 상태라거나 '효용 가치가 없는' 일에 시간을 보내는 상태를 지칭하는 말처럼 여겨졌다. '놀이'는 어린아이들의 전유물로 여겨져서 어른들하고는 어울리지 않는 말 같다.

의학 박사이자 미국놀이연구원의 창설자 스튜어트 브라운 박사는 "놀이의 반대는 일이 아니다. 놀이의 반대는 우울증이다."라고 했다. 제대로 놀지 못하면 일을 제대로 못할 뿐 아니라, 정신 건강에도 해로운 영향을 끼친다는 뜻일 것이다. 어른에게도 놀이가 필요한 이유다.

무엇을 할 때 가장 신나는가? 어떤 것을 하며 놀 때 몰입하는가? 어떤 것에 미치는지, 좋아 죽겠는지, 그것을 먼저 살펴보고 제대로 놀도록 돕는 것. 어린이에게도, 어른에게도 필요한 일이다.

어린이의 한 달

한 달은 나처럼 반세기를 산 사람보다는 아홉 살 인생에 더 많은 역사를 만들어주는 시간이다. 키가 훌쩍 크기도, 살이 조금 통통하게 오르기도, 까맣게 그을리기도, 미처 못 자르고 온 머리가 덥수룩해지기도, 짧은 단발머리를 길러 어느새 양갈래로 묶음 머리가 되기도 하는 시간이다.

그렇게 여름방학 한 달은 아이들에게 변화와 성장의 시간이자 유년의 기억을 간직한 채 물러가는 썰물 같은 시간이다. 먼 훗날 겹겹이 쌓인 나이테를 안고 돌아왔을 때 아이들은 아홉 살의 여름방학이 어떤 빛깔이었는지 기억할 수 있을까.

　한 달 동안 몸 곳곳에 배인 게으름을 털어내느라 힘들었을 개학 날, 등교 시간을 맞추느라 아이들의 아침은 꽤 부산스러웠을 것이다. 늦잠을 자느라 아침밥을 거르진 않았는지, 엄마가 깨웠어도 다시 잠드는 바람에 야단맞지는 않았는지, 오랜만에 이른 시간에 찾아온 '아(침 겸)점(심)' 아닌 '아침' 식사가 목으로 잘 넘어갔을지.

　각자의 아침은 저마다의 분주함으로 소동이었을지 모르나 등교한 아이들의 모습은 해사했다. 한 달 만에 듣는 아이들의 "선생님~!" 소리가 반갑다. 4단계 거리두기쯤은 가뿐히 무시하고 친구를 향하여 온몸으로 반가움을 표현하는 아이들의 천진함이 부럽다. 방역수칙을 위해 그 즐거움을 기어코 헤집어놓아야 하는 역할은 '하고 싶지 않지만 해야 하는' 일이다. 해야만 하는 일과 하고 싶은 일의 간극은 멀기만 하다.

　좋은 날을 추억하는 이유는 그날의 설렘과 행복한 순간을 다시 살고 싶기 때문일 것이다. 아이들이 추억의 순간을 기억하기 쉽도록 개학 전날 칠판에 이미지 프리즘 카드를 붙여두었다. 교실에서 꼬박 하루를 기다리는 시간이 지루했던지 사진들은 배배 꼬여 오그라져 있었다.

아이들과 방학 동안 있었던 일에 관련된 사진을 1~3개 골라 '방학 지낸 이야기'를 나누었다. 바닷가나 물놀이 사진이 제일 많이 선택될 줄은 예상했지만 의외의 사진을 고른 아이들도 있었다.

한 아이가 방 안 구석에 혼자 몸을 웅크리고 있는 어린이 사진을 선택했을 때, 아이의 방학이 어떤 슬픈 이야기일까 봐 순간 걱정이 되었다. 오빠와의 말다툼으로 화가 나서 혼자 방문을 닫고 화를 식혔다는 말에 안도했지만. 난 축구에 살고 축구에 죽는 기찬이가 나왔을 때 당연히 축구공이 그려진 사진을 고르리라고 생각했다. 사진 앞에서 살짝 고민하는 듯하여, "이거?" 하며 축구공 사진을 짚어주었는데 고개를 저었다. 이날이 기찬이가 축구를 언급하지 않은 첫날이었다. 아이들의 한 달은 생각했던 것보다 더 많은 변화를 가져다주는 시간임에 틀림없다.

아이들이 방학 동안 쓴 글쓰기 공책을 보니 아이들이

어떤 방학을 보냈는지 더 자세히 들여다볼 수 있었다. 코로나 상황에 가족과 소소한 여행을 떠난 이야기도 눈에 띄었지만, 소확행 이야기가 더 많았다. 아이들의 엉뚱발랄순수천진 스토리는 항상 나를 미소 짓게 한다.

나는 놀던 중에 선생님께 물었다. "일광욕은 햇빛으로 하는 거고 만약 월광욕이 있으면 달빛으로 하는 거예요?" 선생님께서 "그런가?" 하셨다. 나는 밤에 방에서 커튼을 열고 월광욕을 해봐야겠다는 생각이 들었다.

아리가 쓴 '일광욕? 월광욕?'이라는 글이다. 아리는 어떤 선생님과 이런 신나는 이야기를 나눴던 것일까. 아리가 이렇게 기발한 이야기를 하는 순간에 함께한 그 선생님이 부럽다. 아리는 진짜 밤에 커튼을 열고 월광욕을 했을까?

아리는 다음과 같이 친구에 대한 명언도 글로 남겼다.

친구 해민이가 민지를 오랜만에 봐서인지 나는 신경도 안 썼다. 나는 너무 기분이 상했다. 나는 이렇게 생각했다. '치, 나랑은 단짝 하자고 해놓고서.' 그래도 같이 놀 친구 민정이가 있어서 다행이다. (중략)

만약 그 친구까지 놓치면 속상할 테니, '소 잃고 외양간 고친다'처럼 되지 않도록 민정이에게 잘해줘야겠다.

내 옆에서 나에게 정성을 쏟는 친구의 소중함을 이토록 잘 깨닫다니. 소 잃고 외양간 고친 경험이 있는 어리석은 나에게는 이날 아리의 문장이 공자님 말씀보다 더 와닿는다. "단짝 하자."라는 친구의 말은 가끔 모래알처럼 바스스 흩어지곤 한다. 단짝이 '단(지 이번 한 번만)짝'이 안 되려면 상대에게 공들여야 한다는 평범한 진리의 말이다.

과거의 나의 단짝 친구야, 우리 흰머리보다 까만 머리카락이 더 많을 때 얼굴 좀 보자. 이제 얼굴 잊어 먹겠어. 어느 날 할매가 되어 서로에게 기함하는 너와 나를 상상하니 그건 좀 아니다 싶다.

나는 방학 계획표 쓰는 게 어렵다. 어느 정도 어렵냐면 이 정도, 강아지 똥 치우는 것보다 어렵다.

백송이가 쓴 '방학생활계획표 쓰기'이다. 2학년에게는 '계획'한다는 것 자체가 쉬운 일이 아니다. 맘껏 뛰어놀 시간도 부족한 21세기 아이들에게 모처럼 찾아온 방학이라는 여유 시간을 어떻게 보낼지 계획을 세워보라고 했다. 그 빽빽한 계획표를 그대로 실천해야 한다면 참 인생 재미없다. 재미없는 걸 하라고 가르치면서 그래야 성공한다고 말한다. 왜 성공하려는 거냐고 묻는다면 행복해지기 위해서라고 답할 텐데…. 그냥 지금 행복하면 되지 않을까.

백송이에게는 강아지 똥 치우는 게 가장 어려운 일이었구나. 강아지를 데려올 땐 그저 귀엽고 예뻐만 해주면 될 줄 알았지? 인생이 그렇게 자기 좋은 것만 하게 흘러가진 않는단다. 백송이는 삶이 그렇게 호락호락하지 않다는 것을 방학 계획표 세우면서 느끼지 않았을까.

아이들이 방학 동안 쓴 글이 워낙 많아 이틀에 걸쳐 집까지 싸들고 와서 읽었다. 아이들의 한 달에 녹아든 삶의 이야기와 그 속에 담긴 아이들의 생각과 느낌을 들여다보니 알겠다. 한 달 만에 만난 너희들이 왜 그렇게 여러모로 달라 보였는지, 왜 훌쩍 큰 것 같았는지.

초등학교 2학년 2학기 국어 교과서에 수록된 이야기 〈형이 형인 까닭은〉에는 동생 동이와 형 남이, 어린 형제가 등장한다.

이 이야기를 읽기 전에 아이들과 서로의 형제, 자매, 남매에게 쌓인 불만을 나누었다. 아이들은 금세 동생이나 형, 누나, 언니의 '만행'을 고발하는 열혈 투사들이 되었다. 세상에서 가장 억울한 사람은 그런 못된 형제, 자매들과 함께하는 삶을 감내해야 하는 자신들임을 역설하느라 마스크에 갇힌 입이 바빴다. 적지 않은 수의 외동들은 이럴 때 물고 뜯을 형제지간이 없다는 것이 못내 아쉬울 지경이었다.

  의문의 1패가 아니라 100패쯤은 당한, 얼굴 모르는 그
형제자매들에 대한 성토가 끊이지 않을 것 같아 가까스
로 잠재우고, 그렇게 못된 형제자매들이지만 혹시 한 번
이라도 고맙다거나 그들이 있어 다행이라거나, 그런 생
각이 들었던 적이 있었는지 물어보았다. 조금 전까지 그
들의 악행을 고발하느라 쏟았던 에너지의 흐름을 갑자
기 역방향으로 전환하려니 아이들의 눈에 당황하는 기
색이 역력했다. 방금까지 물고 뜯었던 그들에게 고마운
적이 있었냐니, 그들이 있어 다행이라니. 그런 일이 있
었나.

  그러나 조금만 생각해보면 그 불한당 같은 형제자매
들이 고마운 순간은 반드시 있었다. 그들이 있어 다행인
경험은 대개, 여러 번 겪은 일이었다.

  "제 생일날, 동생이 모를 줄 알았는데 축하한다고 얘기해줬어요."

  (3분 전에는 동생이 자기를 자꾸 짜증나게 한다던 아이다.)

  "엄마한테 혼나서 방 안에 혼자 들어가 울고 있었어요. 엄마가 미워서

  밥도 안 먹고 방 안에서 안 나갔는데 오빠가 자꾸 문을 열고 들어와서

하리보를 줬어요. 하리보는 제가 제일 좋아하는 거거든요." (좀 전에
오빠 때문에 억울했던 일을 호소하던 아이다.)

"놀이터에서 놀고 있었는데 모르는 애가 저한테 막 뭐라고 나쁜 말을
했어요. 그때 누나가 그 애한테 큰소리로 혼내줘서 그 애가 울면서 집에
갔어요." (사춘기에 접어든 누나가 평소에 자신에게 퉁명스럽게 대한다며
아쉬움을 토로하던 아이다.)

부정은 쉽고 긍정은 어렵다. 그래도 좋은 점을 찾으려
고 애쓴다면 못 찾을 리 없다. 그렇게 한 뿌리와 줄기에
서 나와 다른 가지로 자란 이들은 자주 서로를 못 견뎌하
면서 또 자주 서로의 양분을 나누며 살아간다.

언니가 라면을 끓여 먹자고 한다. 살금살금 부엌으로 가 불에 딱
냄비를 올리고 물이 보글보글 끓을 때 면을 싹~ 다시마, 계란은 서비스.
사이다에 감튀(감자튀김)까지 완벽해! 맛은 10점 만점에 10점.
아이스크림까지. 기분이 너무너무 좋아~ 엄마, 아빠는 잠을 쿨쿨
꿈나라.

명아의 글 제목은 '엄마, 깨지 마!'이다. 엄마와 아빠가
세상모르게 잠든 사이에 야식을 먹기 위해 분주한 두 자

매의 모습이 드라마 한 장면처럼 그려진다. 명아는 수업 시간에 사춘기를 겪는 중학생 언니의 모습을 원망 섞어 얘기하던 아이였는데, 부모 몰래 작당모의를 할 때는 언니와 세상 죽이 맞는 자매지간이 된다. 의리와 협잡을 적절히 배합하여 완성한 이날의 라면과 감자튀김, 아이스크림은 세상 얼마나 짜릿한 맛이었을까.

명아가 어른이 되어 추억의 맛을 떠올리는 날, 이날의 라면은 분명 세 손가락 안에 들 것이다. 부모 몰래 의기투합을 해본 형제자매에겐 혈육의 정과 의리가 삶의 자산으로 남을 테니, 명아는 이제 사춘기 언니 흉을 그만 봐도 되겠다.

〈형이 형인 까닭은〉에서 형 남이의 초등학교 입학을 앞두고 형에게만 가방이며 신발, 옷을 사주는 엄마에게 동생 동이는 심통을 부린다. 동생의 입장이라면 동이의 마음이 충분히 이해될 것이다. 새것은 항상 형의 몫이요, 형에게서 모든 것을 물려받는 동생에게는 선택권이 거의 없다. 동생의 취향은 고려 대상이 아니다.

항상 언니였던 난 여동생의 입장이 되어본 적이 없다. 돌이켜보니 우리 집 역시 옷이나 학용품은 내가 먼저 쓰고 동생에게 물려주었었다. 연년생인 동생과 나는 집안 사정으로 '동시에' 초등학교에 입학했다. 그런 게 가능했던 시절이었다. 당시에 찍힌 나와 동생의 입학 사진을 보니, 이름표에 달린 하얀 가제 손수건은 내 가슴에만 달려 있었다. 동생도 똑같이 초등학교에 입학하는 날인데 동생의 가슴엔 손수건이 없었다. 이름표는 학교에서 나눠주었겠지만 손수건은 가정에서 준비해가야 했었나 보다. 그래도 그렇지, 가제 손수건이 얼마나 한다고 동생 가슴엔 안 달아줬을까. 초등학교 입학 사진을 본다면 동생이 조금 많이 서운해할 것 같다.

사진 속의 나는 고작 한 살 차이인데도 동생보다 머리통 하나가 더 크다. 팔, 다리 길이도 동생에 비하면 길쭉한 것이 동생에 비해 성장이 무척 빨랐던 모양이다. 지금의 나는 동생보다 오히려 2~3*cm* 작은 아담한(기준은 내 마음) 사이즈인데 뭐가 그리 급해 빨리 크고 서둘러 멈춰버린 것일까.

그런 동생과 나는 다른 친구들과는 좀처럼 다투지 않던 평화주의자들이었음에도 집 안에서는 끊임없이 내전을 치러 엄마께 자주 혼이 나곤 했다. 전쟁의 종결자는 항상 엄마였고 엄마의 휴전 선언의 변은 항상 한결같았다. "세상에서 의지할 사람은 가족뿐이다. 부모 없는 세상에서 기댈 사람은 너희 자매간뿐이야."

어릴 적 동생과 다툰 이유는 참 다양하고 사소했다. 밥상머리에서 조금이라도 더 자리를 차지하려고 싸웠고 포도 한 알 더 먹겠다고 싸웠다. 내 학용품을 허락 없이 썼다고 싸웠고 친구들과 놀 때 한편이 되어주지 않는다고 싸웠다. 남이었다면 그 정도 싸웠으면 평생 안 보고 살지 모를 일이다. 그렇지만 가족이란 보고 싶지 않다고 안 볼 수 있는 관계가 아니다. 동생과 나는 사소한 다툼이 있었다가도 이내 머리 맞대고 시시덕거리던, 그런 자매지간이었다. 집에서는 속을 뒤집어놓는 동생을 미워하다가도 밖에서는 동생을 괴롭히는 남자아이들을 그냥 넘어가지 못하고 혼내주는 정의의 사도가 되곤 했으니, 형제자매 관계란 참 아리송한 것이다.

나는 왕언니, 왕누나다. 현수는 8살이고, 쪼꼬는 5개월이라서 내가 언니, 누나다. 내가 왕언니, 왕누나니 너무 힘들다. 그래도 언제나 첫 번째여서 참 좋다. 나는 동생이 되는 게 싫다. 나는 엄마의 동생이다.

다지에게 왕언니, 왕누나의 자리는 버겁다. 항상 동생들을 돌보고 배려해야 하는 언니, 누나의 자리가 뭐가 좋겠는가. 그래도 책임감, 진지함, 따뜻함 등 큰딸이 갖는 일반적인 성격을 고스란히 가진 다지라 견딜 수 있다. 힘들어도 미숙해 보이는 동생이라는 자리보다는 책임의 자리를 택한다.

자리의 무게란 그런 것이다. 견딜 수 있는 자만이 누릴 수 있는 것. 무게에 짓눌리면 내내 괴로운 것. 그러니 견딜 수 있을 만큼만 탐하고 누린 만큼 베풀어야 하는 것이다.

《첫째 딸로 태어나고 싶지는 않았지만》에서 첫째 딸들은 친부모에게서 나온 다른 형제자매들보다도 '피 한 방울 섞이지 않은' 다른 부모의 첫째 딸들과 더 많은 부분에서 유사하다고 했다. 동병상련이라고 맏딸인 내가 다지에게 느끼는 공감은 근거가 있는 것이었다. 그러니 훌쩍 커버린 맏딸 담임교사가 어린 맏딸 제자에게 저자가 당부한 이 말을 꼭 전해주고 싶은 이유는 애틋함 때문일 것이다.

"자기가 아니면 안 된다는 생각을 버리라고, 주변 사

람들을 돌보는 일은 그만두라고. 다른 사람, 형제자매들에게 타인을 보살피면서 느끼는 멋진 기분을 빼앗지 말라고. 모두를 만족시킬 수는 없으니, 마냥 끄떡이지만은 말라고. 한계를 정하고 그 한계에 도달하면 감추지 말라고. 실수할 수 있으니 여유로움을 갖고 삶을 조금 덜 진지하게 살라고."

동생이 형에게 물려받는 것이 옷이며 책가방, 신발 같은 유형의 물품만은 아닐 것이다. 형이 가진 무형의 자산은 동생에게 물려줄 더 귀한 것이다. 나는 동생들에게 어떤 무형의 자산을 물려주었던가. 무엇을 물려줄 수 있을까. 먼저 태어났다는 이유만으로 형의 자리를 차지할 수 있겠지만, 형이 형일 수밖에 없는 이유는 살아가며 완성되어 간다.

내게 맞는 자리는 무엇이며 그 자리에서 어떤 역할을 해낼 것인가? 이 질문에 대한 답을 찾기 위해 부단히 삶을 살아내야겠다.

오랜 시간 함께한 사이라면 상대가 남긴 흔적을 알아챈
다. 그(녀)가 남긴 흔적은 그(녀)의 오랜 습관이라 하루아
침에 생긴 것이 아니며, 마음먹는다고 쉽사리 변하는 것
도 아니므로 부지불식간에 흔적은 남고 만다.

　일요일 아침, 호사를 누리기로 했다. 언제 받았는지 기
억도 가물가물한 기프티콘으로 샌드위치와 음료를 사와
손쉽게 아침 식사를 했다. 그저 그런 맛의 샌드위치 품평
과 쓸데없이 가격만 비싼 음료를 꼭 거기에서 사 먹어야
하냐는 타박, 기프티콘 아니라면 내 돈 주고는 안 사 먹

겠다는 다짐의 말들… 두런두런 시끄럽던 식사를 마친 후 바람처럼 사라진 가족들의 자리엔 고스란히 그들의 흔적만 남았다.

항상 먹다 만 것 같은 아들의 자리.

빵 부스러기가 식탁 위뿐 아니라 앉아 있던 자리에까지 남아 있다. 어떻게 앉아 있던 자리에까지 부스러기를 남길 수 있을까. 아들은 의자에 다리를 모으고 앉지 않는다. 녀석이 벌려 앉은 다리 사이를 촘촘히 메운 부스러기들은 머물렀던 사람의 앉는 습관을 고스란히 보여준다.

항상 앉았던 의자가 삐딱하게 빠져 있는 남편의 자리.

유전자의 힘을 증명하는 의자 위 부스러기들. 식탁 위 그가 먹던 자리가 아들보다 조금 더 깨끗한 것은, 자식보다 30여 년 이상 더 먹어온 아비가 다져온 야무진 식사 습관일 테다.

의자도 반듯, 식탁 위도 깨끗한 깍쟁이 딸아이의 자리.

식탁 위에 찌그러져 남겨진 샌드위치를 감쌌던 페이퍼 랩은 딸아이의 '빈틈'이다. 남편은 가끔 딸과의 말씨름에 지고는 분해할 때가 있다. 고등학생 딸과는 말을 길게 섞어봤자 손해 본다는 것을 하루 이틀 겪어본 것도 아니면서. 씩씩거리던 남편이 그릇들을 식기세척기에 넣으며 마음을 달래는 것은 내가 30대 때 했던 화풀이 습관이었다. 청소년 딸은 그렇게 말과 표정으로는 세상 똑똑한 체 다하지만 식사 후에 남긴 흔적은 빈틈투성이다.

그럼, 내 자리는?

아들의 자리를 치우며 내 의자와 의자 아래에 떨어진 음식 부스러기는 없는지 살핀다. 남편의 의자를 보며 의자를 각 맞춰 들여놓는다. 딸이 남긴 페이퍼 랩을 치우며 나머지 쓰레기들을 버린다. 그렇게 내 자리는 누구의 자리보다 깔끔하게 정돈된다. 그러고는 가족들의 빈틈투성이 식사 습관을 타박한다. 나이가 몇인데 아직도 이렇게 칠칠치 못하냐고, 밖에 나가서도 이러고 다니는 거냐며.

굴뚝 청소하던 두 아이 중 그을음으로 얼굴이 더러워진 아이와 깨끗한 아이 중 누가 얼굴을 깨끗이 씻었을까, 라는 고전적인 탈무드의 질문을 우리는 알고 있다. 당연히 얼굴이 더러운 아이가 먼저 씻을 것 같지만 현실은 더러워진 친구의 얼굴을 본 아이가 자신의 얼굴도 더러울까 봐 먼저 세수를 한다는 이야기다.

정작 고쳐야 할 습관을 가진 사람들이, 먼저 씻어내야 할 험한 그을음을 지닌 사람들이 자신의 흔적을 눈치 채지 못하는 안타까운 현실을 본다. 씻고 고치고 수정하는 작업은 상대의 그을음을 보고 자신도 그럴까 봐 자기 검열에 빠진 이들이 이미 충분히, 오랜 시간, 지속적으로 반복해오던 일일 뿐이다.

나는 내가 코끼리를 쏜 게 순전히 바보처럼 보이지 않으려고 한

짓이었다는 걸 알아차린 사람이 있을까 하는 생각을 종종 하곤 했다.

– 조지 오웰, 《나는 왜 쓰는가》

가끔 내가 하고 있는 일이 정말 나의 마음이 시켜서 하는 일인지 살펴볼 일이다. '코끼리를 쏘는' 중대한 일을 나의 뒤에서 내 처신을 지켜보는 눈에, 군중 심리에 쫓겨 '어쩔 수 없이' 하는 것은 아닌지. 내 의지라고는 없는, 어쩔 수 없이 행한 일이 가져온 결과에 전전긍긍해하지 않으려면 내 마음에게 먼저 물어볼 일이다.

'이거, 정말 네가 원하는 일이야?'

오늘 갑자기 5살 때 선생님이 보고 싶어졌다.

불현듯 생각나는 사람. 구절이가 다섯 살, 유치원 때 만났던 선생님은 어떤 분이셨길래 구절이에게 그리움으로 남았을까. 우린 어떤 기억으로 남은 사람들일까.

옛 학창 시절 친구가 소환해준 내가 낯설었던 적이 있다. 그 시절이었기에 가능했던 내 모습, 지금과는 다른 내 모습을 다시 만난다는 건 때로는 기쁘고 때로는 당황스러운 일이다.

"우리 선생님은 친절하신 분이야."

구절이가 엄마에게 자주 했다는 이 말을 구절이 엄마께 듣고 난 뒤, 난 어느 해보다 더 친절한 사람이 되기 위해 노력했던 것 같다. 말이 주는 구속력이 이렇게 크다는 사실을 실감하며. 난 정말 친절한 사람일까, 친절해 보이고 싶은 사람일까.

나는 3학년도 정혜영 선생님과 같은 반이 되고 싶다. 근데 선생님이 내년에 다른 학교로 가시는 것 같다. 선생님이 다른 학교에 안 갔으면 좋겠다. 선생님이 가서 아쉽다. 엄마가 정혜영 선생님이 이번이 4년째인 것 같다고 했다. 그럼 선생님이 내년이면 5년째여서 다른 학교로 가는 걸 단번에 알았다. 그래서 나는 아쉽다.

'우리 선생님'이란 표현은 아이들의 글에서 자주 봤지만, 내 이름 석 자가 두 번씩이나 등장하는 아이들의 글은 흔치 않다. 내 이름 석 자가 아이의 글에서 자주 불릴수록 왠지 더 좋은 사람이 된 것 같은 기분이 든다. 버들이가 이름을 불러주니 비로소 내가 뭔가 된 듯하다. 김춘수 시인은 이런 느낌을 시로 옮기신 거겠지. 그래서 근무지를 옮기는 5년(혹은 좀 더 일찍) 보따리 행상의 발길이 이번엔 조금 더 아쉬웠는지 모르겠다. 버들이 누나의 담임이었다가 2년 뒤 버들이 담임으로 만난 버들이네 가족과의 인연. 한 자리에 오래 머무르는 사람에게만 일어날 수 있는 행운이다. 그런 인연을 나보다 더 소중히 여겨주는 사람들을 만날 때, 그런 사람들에게 내 이름이 기억될 때, 난 더 크고 환한 해바라기 같은 꽃을 피워내고 싶어진다.

내가 남길 흔적에 대해 생각한다.

누군가는 무덤까지 가지고 갈 수도 없는 부를 붙드느라 한평생을 바치고, 누군가는 자신의 주검 위에 나무를 심어달라 부탁하고 양분이 되어 거기에서 맺은 열매로 세상에 이롭고자 한다. 내게는 붙들 만한 부도 없으려니와 세상을 이롭게 할 만한 깜냥도 없다. 그렇다면 나는 과연 이 세상에 왔다 가는 흔적을 어떤 식으로 남기게 될까.

찰리 맥커시는 《소년과 두더지와 여우와 말》에서 "누군가가 널 어떻게 대하는가를 보고 너의 소중함을 평가하진 마."라고 위로한다. 내가 남기는 흔적은 다른 누군가에게 보여주기 위함이 아니라 내가 '소중한' 사람이었다는 것을 아는 것으로 족하다.

염두에 두어야 할 일은, 내가 '사후에 어떤 큰 족적을 남길 것이냐'가 아니라 '어떻게 하면 멈추지 않고 계속 나의 길을 걸어갈 것인가'이다. 계속 걸어간 길에는 반드시 흔적이 남게 되어 있으니까.

오물을 싣고 가면 오물이 흘러 남을 것이요, 씨앗을 심고 가면 꽃길이 생길 것이다. 여태까지 내가 싣고 온 게 오물이 아닐까, 걱정이 된다면 너무 속상해하지 말자. 그 오물 덕분에 비옥해진 땅에서 민들레는 뜻밖에 아름다운 꽃 한 송이를 피우기도 하니까.

바로 이거였다! 평범한 일상을 깨고 나와 이전엔 상상조
차 할 수 없었던 놀라운 모험을 겪으며 이전과는 다른 자
신과 만나는 이야기. 오래전, 영화 〈월터의 상상은 현실
이 된다〉를 보고 늦은 시간까지 잠을 이루지 못했다. 좀
처럼 떨리는 마음을 진정시키지 못했는데 주인공 월터
미티에게서 내 모습을 보았기 때문이다.

　'반복되는 일상을 살아가는 평범한 사람에게 특별한
일이란 상상에서나 가능할 일이지.' '나이가 들수록 빈곤
해지는 상상력으로 뭘 할 수 있겠어.' 영화는 이런 정체
된 생각에 갇혀 사는 나를 깨쳐주려고 만든 것 같았다.

아이슬란드 세이디스피요르드로 가는 93번 국도를 스케이트보드를 타고 바람처럼 질주하던 월터 미티가 스크린을 똑바로 바라보며 내게 말했다.

"야, 너도 할 수 있어!"

마흔 즈음부터 강박관념 같은 게 생겼다. 20년 이상 같은 일을 해오면서 네가 이룬 성과는 뭐냐고 묻는 내 안의 질문에 자신 있게 답하지 못하는 스스로가 미웠다. 그래서일까? 방구석 독서와 영화로 헛헛한 마음을 달래도 보고, 악기를 배우고 대학원을 다니며 나를 달리 증명해줄 뭔가를 찾기 위해 애쓰기도 했다. 내 빈곤한 상상도 언젠가 현실이 될 수 있을까, 상상하며.

올해 할머니는 62세시다. 오늘이 할머니 생신이셔서 할머니가 어제 오셨다. 할머니, 할아버지가 자고 가셔서 같이 아침을 먹었는데 입맛도 없고 금방 배불렀다. 그래서 조금 있다가 케이크를 했다. 근데 할머니한테 (케이크가) 거꾸로 돼서 26세가 되셨다. 너무 웃겼다.

'할머니는 62세!'라는 제목의 방울이 글이다. 방울이가 아홉 살. 셈을 해보니 방울이 할머니는 53세에 할머니가 됐겠다. 귀여운 아기의 출생에 기뻐하며 아이의 부모가 첫 아이의 엄마, 아빠 됨을 축복하던 날. 넘치는 환희 속 어느 자락에 젊은 나이에 강제로 할머니가 된 방울이 할머니를 위한 몫이 있었을까. 어느 쪽의 넘치는 행복은 다른 쪽의 행복을 끌어다 쓴 결과일지 모른다는 이놈의 기우(杞憂)가 또 발동하려 든다. 마음먹은 대로 흘러가지 않는 게 삶이니 방울이 할머니는 어쩌다 보니 젊은 할머니가 됐겠다. 이왕 젊으신 김에 더 젊어지면 어떠리. 26세 할머니라니, 나도 기쁜 마음으로 할머니가 되고 싶어졌다.

나의 마흔여덟 살 생일날, 만류에도 불구하고 케이크를 산다며 남편과 아들이 부산을 떨었다. 고른 케이크를 포장해주며 "초를 몇 개나 드릴까요?" 하는 점원의 말에 신랑이 "큰 거 4개, 작은 거 7개요." 했다. 나름 만 나이로 한 살 줄여준 김에 작은 초들은 다 빼주는 센스는 구워삶아 드셨나, 속으로 구시렁거리고 있는데 아들이 말했다. "아빠, 그거 아니잖아." 역시 내 맘을 알아주는 건 아들 너밖에 없구나, 했는데… "엄마 48세니까 작은 초 8개라고 해야지." 내가 두 남자에게 뭘 더 기대하리. 케이크 반

대편에 앉아 74세나 84세 생일을 맞는 초유의 사태만 안
겪으면 된 거지.

> 엄마와 뒷산에서 산책하고 있었는데 갑자기 따닥! 소리가 났다. 알고
> 보니 이따만한 도토리가 참나무 가장 높은 데에서 떨어진 것이다.
> (엄마는) 그 소리가 꼭 새총 같다고 말씀하셨다. 엄마가 겁이 많아서 좀
> 과장한 것 같다. 내가 꼭 진실을 밝히겠다.

　　모르는 게 약이요 아는 게 병이랬다. 두리 엄마가 뒷산
에서 도토리 떨어지는 소리를 새총 소리로 듣고 겁먹은
것은 알아서 생기는 두려움이었을 테다. 그런 겁 많은 엄
마를 위해 진실을 밝히겠다는 두리의 진지한 고백에 웃
음을 꾹 참고 그 호기로움에 반한다.
　　두리는 어린 나이에도 역사책을 많이 읽어 세계정세
에 나름의 견해를 가진 아이다. 외교관이 되어 세계 평화
를 위해 일하고 싶어 하는 두리가 비장하게 뱉은 말이니
반드시 진실을 밝힐 거다. 두리의 글을 빨리 읽었더라면
좀 물어볼걸. 진실의 결과에 대해.

> 키즈 카페에서 미친 듯이 2시간 뛰면서 놀고 가족과 외식을 2번 하니

일요일 밤이 되었다. 아이가 없었다. 내가 대통령이 된다면 주말은 5일, 평일은 2일로 바꾸고 싶다.

대통령 후보 자격 조건 중 나이는 40세 이상이니까 대양이가 그 나이가 되려면 앞으로 31년이 남았고, 31년 후면 내 나이가… 대양이 덕분에 오랜만에 대뇌가 반짝반짝 활성화되었다.

평일 2일, 주말 5일을 선거 공약으로 내건 미래의 대통령이라니. 난 대양이의 절대 지지자가 될 것 같다. 대양이가 가진 반듯한 인성을 알고 있으니 더 힘이 실린다. 대양이의 상상이 현실이 된다 해도 내가 직접적인 수혜자는 못 되겠지만 인류의 평안과 안녕을 위해 기꺼이 대탐소실하련다.

어린이의 발상은 신선하고 상상력에는 제한이 없다. 내 어린 시절도 그랬을 것이다. 때론 비장하게, 때론 유쾌하게 상황을 받아들이고 생각을 펼쳤을 테다.

이것저것 재느라 선택의 기로에서 망설이고 어렵지 않을까, 가능성이 없진 않을까, 실패하면 어쩌나… 하는 걱정에 주저하다 놓쳐버린 일들이 얼마나 많은가. 가끔은 어린아이처럼 단순하게 생각하고 호기롭게 결정하자. 〈월터의 상상은 현실이 된다〉 영화 속에서 여주인공이 말하지 않던가. 인생은 끊임없이 용기 내면서 개척하는 거라고.

퇴근 후 차에 올라 시동을 거는 순간 '직장인'에서 '주부'로 모드 전환한다. 운전대를 잡는 순간부터 머릿속에 떠오르는 생각은 오직 한 가지.

'오늘 저녁은 뭘 먹지?'

매일 퇴근길이면 하는 똑같은 질문이지만 매번 답을 쉬 찾지 못한다. 질문은 같은데 매일 다른 답을 내놓아야 하니, 이렇게 난이도 높은 문항이 있을까. 이런 날 우렁각시, 아니 우렁 신랑이 있어 "오늘 저녁 요리는 닭볶음탕에 된장국. 조속 귀환 바람." 이런 메시지를 보내준다면 그날은 재벌 2세도 부럽지 않으련만. 현실은 우렁 신랑은 고사하고 퇴근길 장보기까지 일이 하나 더 는다. 냉장고에 무슨 식재료가 남아 있더라? 손으로는 핸들을 붙들고 마음은 냉장고 속을 헤집는다.

퇴근이 늦은 날이면 줄어든 저녁 시간에 품을 덜 들이면서 하루 한 끼 엄마 노릇 할 만한 맞춤 메뉴가 뭐 있을지 고민한다. 높아지는 피로도에 그냥 시켜 먹을까? 싶다가도 그래도 아이들에게 저녁 한 끼는 엄마가 해주는 제대로 된 집밥을 먹여야지, 마음을 고쳐먹는다.

이 세상에 나와 이만큼 자라올 때까지 아이들에게 엄마는 언제나 '일하는 사람'이었다. 아침에 서두르지 않으면 집에 혼자 두고 갈 거라고 다그치는 엄마의 무시무시한 겁박에 울며불며 따라 나오던 날은 얼마나 많았던가. 아이들의 마음을 어루만지며 생각을 들어보고 선택권을 주는 고상한(?) 양육 방식은 애초에 실현 가능성이 희박한 일이었다.

전날 두 아이 입힐 양말과 목 스카프까지 챙겨놓은 날 아침, 미리 챙겨놓은 바지를 안 입겠다며 치마 내놓으라고 생떼 부리던 여섯 살 딸아이. 들숨을 크게 마셔 내 안에 끓어오르던 분노를 다독였다면 좀 나았을 텐데. "치마, 치마~" 하다 아침부터 눈물 쏙 들어가게 혼쭐이 났다. 딸아이가 훌쩍거리며 엄마의 차에 몸을 구겨 넣었을 때는 이미 아이의 자존감도 구깃구깃해졌을 터였다.

그렇게 크고 작은 실랑이를 벌이며 결국은 혼자 남지 못해 따라나서야 했던 유치원 가는 길. 지근거리에 돌봐줄 친인척이 없어 딸은 왕복 2시간이 넘는 엄마의 직장, 학교 병설유치원에 다녀야 했다. 집에서 멀기만 한 유치원과 초등학교를 다녔으니 딸아이에게 가까운 친구를 만든다는 것은 애초부터 불가능한 일이었을지도 모르겠다.

만 4세가 되어야 공립병설유치원에 입학할 수 있어서 둘째는 데리고 다닐 수도 없었다. 내가 둘째의 어린이집을 고르며 염두에 둔 제1 조건은 무조건 긴 운영 시간이었다. 내 아이를 아침 일찍 받아주고 저녁 늦게까지 돌봐줄 수 있는가. 다른 집 아이들은 일어나지도 않았을 아침 7시 30분이지만 둘째는 어린이집에 넘겨지다시피 하고 첫째는 한 시간여를 달려 병설유치원에 등원한다. 퇴근 후 반대 방향으로 재생되는 매일의 일상들. 그 속에서 일하는 엄마는 날마다 마음속 갈등과 싸워야 했다. 이렇게 일을 계속해야 하는가, 이렇게 자식을 키우는 게 맞는 건가.

어느 정도 교직 경력이 되니 내게도 자연스럽게 학교에서 부장 교사를 맡아야 할 시기가 왔다. 아직은 어린아이들이 마음에 걸렸지만 학교에서는 중견 교사가 맡아야 할 책임이라는 게 있다. 그렇게 부장 교사를 하던 어느 날은 일이 너무 많아 저녁 늦게 부랴부랴 퇴근했다. 하던 일도 다 마무리 못한 채 첫째를 데리고 둘째가 있는 어린이집으로 달려갔다.

저녁 9시가 가까워진 시각, 오전에 돌봐주시던 선생님이 저녁 돌봄 선생님으로 바뀌고 그 선생님 등에 업혀 손을 빨며 잠들어 있던 둘째를 보던 순간에 결심이 섰다. 승진이고 뭐고 다 때려치우자. 무슨 부귀영화를 누리자고 어린것들을 이렇게 남들 손에 맡기며 사는가. 내 아이들도 제대로 건사 못하면서 남의 아이들 잘 가르쳐 무슨 호사를 누리겠다고. 우선 내 자식부터 제대로 건사하자.

그렇게 코찔찔이였던 아이들이 이제 제법 덩치 좀 나

가는 중, 고등학생이 되었다. 아이들 자라는 것 보며 세월의 흐름을 실감한다더니, 어른들 말씀은 왜 틀리는 법이 없는지.

오늘은 오이 좀 무치고 대충 된장찌개 좀 끓여 먹어야겠다. 필요한 재료를 사러 집 근처 슈퍼마켓 옆에 막 차를 댔을 때 핸드폰이 울렸다. 핸드폰 액정 화면에 '딸내미'라고 뜬다. 살뜰한 엄마들은 자식 명칭 앞에 예쁜 수식어구도 붙여두던데 그런 여유, 그런 낭만은 언제쯤 갖게 되려나.

"응, 딸! 왜?"

"엄마! 오늘 학원 끝날 시간에 갑자기 비가 왕창 내리는 거야."

"그래? 엄마 있는 데는 비가 하나도 안 오던데 여기는 그렇게 비가 많이 왔어?"

"응, 엄청났어. 갑자기 소나기가 내렸는데 창이 흔들릴 지경이었다니까!"

"아이고, 너 우산도 없었을 텐데 어떡했니? 비 맞고 온 거야?"

"아니, 학원에 주인 없는 우산 있길래 쓰고 왔어."

"잘했다, 잘했어!"

매일 일기예보를 확인하는데 오늘 비가 온다는 예보는 없었다. 이렇게 갑작스런 소나기는 일하는 엄마를 속수무책으로 만든다. 그래도 아이가 비를 안 맞았다니 다행이었다.

"근데 비가 갑자기 오니까 학원 앞에 엄마들이 엄청 와 있는 거야."

우산 없이 학원에 간 아이들을 구출하기 위해 엄마 슈퍼우먼들이 출동했던 모양이었다. 그 속에서 내 딸은 주인 없는 우산 쓰며 혼자 왔겠구나, 생각하니 엄마 마음이 좀 안되었다. 괜찮았느냐고, 짐짓 아무렇지 않은 듯 물었다.

"거기 온 엄마들은 집에 있었으니까 왔겠지. 우리 엄마만 그 시간에 일하고 있는데."

"다른 엄마들은 우산 갖고 왔는데 우리 딸은 엄마 안 와서 좀 그렇지 않았어?"

"그런 생각 안 했는데? 다른 엄마들은 집에 있는데 우리 엄마는 일하는 엄마잖아. 멋진 커리어우먼!"

예상치 못했던 딸의 대답에 말문이 막혔다. 이건 어떻

게 반응해야 하는 거지? 마냥 어린아이 같던 아이의 예상을 빗나간 대답에 가끔 허를 찔린다.

엄마를 걱정하고 때로 위로하는 아이의 마음은 비단 내 딸만의 것은 아니다. 엄마, 아빠뿐 아니라 주변의 어른들을 걱정하는 마음은 아이들의 글 여기저기에서 쉽게 눈에 띈다.

엄마가 '코로나19 백신 주사'라는 주사를 맞으러 갔다. 엄마가 코로나 안 걸렸으면 좋겠다. 또 엄마가 걱정된다.

아빠 회사에 확진자가 나와서 아빠가 방에서 혼자 자가격리를 하게 되었다. 주말인데 아빠를 못 봐서 아쉬웠다. 아빠 자가격리가 끝나면 아빠와 인라인을 탈 것이다. 아빠가 빨리 방 안에서 나왔으면 좋겠다.

오늘은 엄마가 회사 간 날이었다. 엄마 첫 회사 가는 날인데 걱정이 된다.

우리 할머니 집은 빌라인데 엘리베이터가 없어서 할머니 무릎이 걱정된다.

오늘이 스승의 날이라 감사한 사람에게 편지와 만약 줄 수 있다면 주고 싶은 선물, 그리고 카네이션을 만들어서 편지에 쓴 뒤에 붙이기를 했다. 나한테 고마운 사람은 1학년 때 나를 똑똑하게 만들어주신 OOO 선생님이다. 내가 돌봄 교실을 갈 때 선생님을 한 번 만나 뵈었다. 근데 다리가 많이 불편하신 것 같아 걱정이 되었다. 아프지 마시고 건강하시면 좋겠다.

코로나가 한창일 때 아이들은 코로나에 걸려 격리된 엄마, 아빠에 대한 걱정이 많았다. 학기 초에 아이들과 함께 해보는 문장완성 검사에서 '내게 가장 소중한 것은?'이라는 질문에 가장 많은 답은 늘 '가족' '엄마, 아빠'였다. 소중한 사람들의 안부를 걱정하는 아이들의 마음은 일하는 엄마, 아빠, 건강이 좋지 않으신 할머니, 할아버지, 선생님으로까지 확장된다. 안심이 되지 않아 늘 걱정되고 속을 태우게 하는 대상은 보통 여리고 서투르며 미약한 존재이기 마련인데 아이들은 왜 자신보다 더 크고 힘도 세며 나이도 많은 어른들을 걱정하는 걸까?

겨우내 움츠리고 있던 겨울눈이 따뜻한 봄에 무사히 꽃을 틔우려면 겉껍질이 혹독한 추위로부터 꽃눈을 잘 보호해야 한다. 이와 같이 아이들의 세계가 제대로 꽃을 피우려면 그것을 둘러싸고 있는 어른의 세계가 견고해야 한다. 어른의 세계가 흔들릴 때 어린이는 자신의 세계도 위태로워질 수 있음을 본능적으로 아는 것이다. 어른들의 세계가 안전하다면 아이들은 다른 걱정 없이, 마음놓고 자신의 세계에 몰두할 수 있게 된다. 그러니 어른들은 느리고 서투르다고, 제 방향을 못 찾고 헤맨다며 아이들을 걱정할 일이 아니라 아이들이 어른을 걱정하지 않도록 먼저 단단해져야 한다. 겉껍질이 단단하게 자기 역할을 다하고 있다면 꽃눈은 언제나 그렇듯 제때에 발아하기 마련이다.

초등학교 5학년 딸아이의 학예회. 아무래도 참관이 어려울 것 같아 아이에게 양해를 구했었다. 일찍 사춘기에 들어선 딸이 생각보다 밝게 괜찮다고 하길래 정말 괜찮은 줄 알았다. 그날 저녁 밥상머리에서 다른 애들 엄마, 아빠들이 와 있는 걸 보니 좀 이상하더라고 딸은 무심하게 내뱉었다. '나만 엄마가 안 와서 기분 안 좋았어.'라거나 '엄마가 왔으면 좋았을 텐데.'라거나 '왜 엄마는 그런 시간도 못 내?'라고 딸이 부모를 책망했더라면 좀 더 나았을까. 그저 다른 부모들 앞에서 연습했던 것을 발표하는데도 그렇게 떨리더라며 담담하게 말했다.

그랬던 딸이 언제 이렇게 훌쩍 자란 걸까. 딸의 말 덕분에 갑자기 비 오는 날 우산 들고 기다리지 못한 엄마로서의 죄책감에서 조금은 놓여난다. 일하는 엄마는 아이들에게 늘 죄인이다. 기다려주지 못해서, 함께하지 못해서, 건강한 집밥을 자주 해 먹이지 못해서…. 일하는 엄마는 자꾸 자신이 못한 것들만 기억한다. 하지만 아이들은 그렇지 않다. 아이들은 부모와 주변 어른들이 자신에게 쏟은 관심과 정성의 순간 그리고 진심을 담아 마주한 순간의 눈빛마저 기억에 담는다.

그리스인에게 운명론이란, 있는 힘껏 노력하고 지혜를 끌어모아도 안 되는 게 있다는 걸 받아들이는 것이라고 한다. 그러니 이왕 아이들과의 시간이 제한적일 수밖에 없는 직장맘인 운명인 거, 딸의 말에 어울리는 사람이라도 되어야겠다. '멋진 커리어우먼'으로 딸에게 기억되고 싶으니까 말이다.

"선생님, 이따가 보세요."

패랭이가 두 번 접은 작은 종잇조각을 건네며 말했다. 뭐지? 궁금해서 펼쳐보려는 나를 "지금 말고요!" 하며 급하게 제지하길래, 주머니에 넣고는 깜빡 잊어버렸다. 퇴근 후 집에 돌아와 옷을 갈아입다 다시 발견한 메모 조각. 늦게야 메모지에 연필로 또박또박 정갈하게 적힌 짧은 시를 발견했다.

우리 선생님

아주 예쁜 선생님
우리 선생님
잘 가르쳐주시는 선생님
우리 선생님
방긋 웃는 선생님

어느 시인이 '어느 순간 아픔을 털고 일어날 수 있도록 작은 힘을 보태는 것'이 시의 역할이라고 했던가. 시를 잘 알지 못하는 사람, 이른바 '시알못'인 내게도 시로 건넨 패랭이의 정겨운 마음이 고스란히 전해졌다. 시가 적힌 종이는 구겨지고 찢기기 쉬워 금방 해질 것이다. 고이 넣어두자니 보관한 곳을 잊어버릴 공산이 크고 계속 들고 다니자니 작은 종이는 아마 오래 견디지 못하겠지.

며칠 둘 곳을 고민하다 패랭이의 시를 내 화장대 거울에 테이프로 붙였다. 매일 보는 장소에서 매일 만나게 될 패랭이의 마음. 기분이 처질 때나 마음이 소란스러울 때, 때로 내 맘처럼 흘러가지 않는 세상과 관계에 지칠 때 패랭이의 시는 나를 북돋울 테지.

'오늘도 방긋 웃어요. 우리 선생님.'

나를 위로해줄 시가 생겼다.

오늘은 밤에 엄마와 닭다리 싸움을 신나게 했다. 내가 이겼다. 그래서

나는 정말 신났다.

그런데 갑자기 동생이 짜증을 냈다. 그래서 나도 짜증이 났다. 동생이

짜증을 내니 나도 너무 화가 났다.

"야!!!! 그만 좀 해!!!"

닭다리 싸움이 중요한가? 에휴~ 역시 동생이란 존재가 원래 그런

것인가? 증말.

자신의 글에 '닭다리 싸움(아마 닭싸움을 말하는 듯하다.)
이 그렇게 중요해?'라는 제목을 붙인 팬지는 엄마와의
놀이 시간을 만끽하고 싶었을 게다. 항상 높기만 할 것
같던 엄마나 아빠라는 벽을 잠시 넘어서는 순간, 그 영광
의 순간을 놓치고 싶지 않았겠지. 예상컨대 엄마와 한편
을 먹었을(아니면 엄마를 응원했거나) 동생은 형의 행복을
축복해줄 마음이 없다. 세상엔 언제나 내 행복을 훼방 놓
는 악당이 있기 마련이지만, 최고로 신나야 할 기쁨의 순
간이 일순 짜증의 순간으로 역전된 이 상황이 아홉 살에

겐 벅차다. 그래서 더 화가 났을 것이다. 팬지의 속마음은 이렇지 않았을까?

'그게 뭐 중요한 거라고. 동생아, 형은 그런 놀이에 연연하지 않는단다. 그러니까 내가 형인 거야. 뭐라고? 내가 닭다리 싸움 이겨서 엄청 기뻐하는 것 다 봤다고? 내가? 언제? 아니거든! 그렇게 상황 파악을 잘 못 하니 네가 동생인 거야. 으이그, 증말.'

예상을 벗어난 감정은 원래의 값어치보다 커진다. 그것이 놀람이든, 기쁨이든, 실망감이든. 서프라이즈 선물은 예고된 그것보다 놀라워 더 기쁘고, 응당 내가 누려야 할 보상을 제대로 받지 못하거나 남의 것이 될 때는 그 실망감에서 헤어나기가 좀처럼 쉽지 않다. 그때 떠올리자.

'그게 그렇게 중요한 일인가? 에휴~ 역시 세상엔 나를 음해하는 악당들이 많구먼. 내 존재감이란, 증말.'

오늘 (학교에) 돌멩이를 가져갔다. 왜 돌멩이를 가지고 가야 하는지 모르지만 어쨌든 가져갔다. 잠시 후, 나는 깜짝 놀랐다. 나는 돌멩이로 수학을 하는 건 줄 알았는데 'ㄷㅁㅇㄴㅇ (돌멩이 놀이)'를 하는

것이었다! 그래도 내 예상은 틀리지 않았다. 왜냐면 첫 번째가

분류하기 놀이였기 때문이다. 그다음 비석치기, 돌 쌓기를 했다.

별로일 줄 알았는데 완전 재미있었다. 술래잡기를 하는 것 같았다. 그

이후 나는 돌멩이가 좋아졌다.

자란이는 '이거 돌멩이로 하는 놀이 맞나?'라는 글에

서 돌멩이의 재발견에 놀라워한다. 뜬금없이 이유도 모

른 채 가지고 가야 했던 학습 준비물, 돌멩이. 자란이는

학교에 돌멩이를 가져가야 하는 까닭을 도통 알지 못하

지만 그렇기에 더 호기심이 생겼을 것이다. 이것은 무엇

에 쓰는 물건인고? 하는 관심이야말로 그날 수업의 충분

한 동기유발 자료다.

다양한 모양과 크기를 가진 형형색색의 돌멩이를 기

준에 따라 무리 짓기 하는 수업은 슬기로운 수업일 수도,

단순히 수학 교과의 분류하기 수업일 수도 있다. 무슨 교

과 수업인지가 뭐가 중요한가? 자란이는 다양한 놀이를

하면서 돌멩이와 친해졌고 심지어 좋아지기까지 했는데.

호기심에서 출발한 놀이 활동, 그것을 통해 별로일 줄 알

았던 것들에 마음이 가는 수업. 난 이런 초등 저학년 교

육과정을 몹시 사랑한다.

　선행으로 미리 다 배워온 학교 공부를 궁금해할 아이들이 몇이나 될까. 결말을 알고 보는 드라마는 얼마나 싱거운가. 승패의 결과를 아는 다른 나라와의 축구 경기를 다시 보며 열광할 수 있을까. 결과를 알 수 없기에 삶은 더 흥미진진하다. 아직 오지 않은 결말을 미리 맘대로 그리지 말자. 또 아는가. 별로일 줄 알았는데 뜻하지 않게 좋은 일이 생길지.

　오늘이 별로일 줄 알았던 것들과 뜻밖에 즐거운 조우를 하는 '그날'이길.

안 가본 곳과 새로운 곳.

과거 내 여행의 목적지는 이런 곳이었다. 같은 맥락으로 이전에 접해보지 못했던 환경과 문화, 사람들을 만나 새로운 배움을 얻는 것. 그것을 통해 또 다른 나를 발견하는 것이 내 여행의 목적이었다.

수많은 난관을 뚫고 마침내 지금의 남편과 결혼을 결정했다. 그러나 정작 '이 남자와 평생을 함께해도 될지' 심각한 내적 갈등을 겪은 것은 남편이 제안한 신혼여행지 때문이었다. 남편이 제안한 곳은 '제주'였고, 일생에 단 한 번 가게 될 신혼여행지가 이미 수차례 다녀온 제주

라니, 마른하늘에 날벼락이었다. 그래도 하늘이 점지한 인연이었던지 우리는 무사히 결혼했고 태국으로 신혼여행을 다녀왔다.

아이를 둘이나 둔 직장맘이 되고부터 내게 여행이란 '배움'의 옷을 가장한 탈출구였다. 교사국외연수로 다녀온 캐나다 한 달, 국외교류교사 프로그램으로 다녀온 싱가포르 3주가 그랬다. 그러니 딸이 초등학생이었을 때, 엄마만 해외여행 다니냐고 불평했던 것은 반은 맞고 반은 틀린 말이었다. 딱히 이유를 알 수 없는 부글거리는 열정을 채우려 치열하게 얻어낸 그것들을 그저 '여행'이라고만 부른다면 많이 섭섭할 노릇이었다.

딸아이의 불평. 그것이 우리 모녀가 계획한 첫 해외여행의 시작점이었다. 딸은 친구들은 다 다녀왔는데 자기는 한 번도 가본 적이 없으니 이번엔 꼭 가보고 싶다고 했다. 당시에 한참《그리스로마 신화》에 빠져 있던 5학년 딸이 가보고 싶어 했던 나라는 이탈리아였다. 5개월간 틈틈이 준비해 딸과의 이탈리아 자유여행 계획을 세우고 2017년 겨울, 우리 둘만의 9박 10일 여행길에 올랐다.

이전에 해외를 다녀온 경험이 여러 차례였으나 그때는 기관이, 다른 사람이 세워준 계획에 몸만 실은 경우였다. 그러니 딸과 둘만 떠나는 해외여행, 그것도 온전히 혼자 계획하고 설계한 자유여행은 내게 도전이었다.

> 난 생태공원에서 개구리를 밟은 적이 있어서 밟은 뒤로 한 번도 생태공원을 안 갔다. 일부러 밟은 것은 아니었다. 그런데 오늘 용기 내어 갔다. 이번엔 개구리가 없고 귀뚜라미가 많았다. 다음엔 용감하게 도전하겠다.

반디가 개구리를 밟았던 기억이 아마 다신 생태공원을 찾고 싶지 않은 곳으로 만들었을 것이다. 나쁜 기억 하나가 행복했던 모든 순간들을 덮어버리는 순간은 문득문득 찾아오니까. 이전의 생태공원은 가족들과 산책하던 곳, 처음 자전거를 배워 활주하는 자유를 누리던 곳, 온갖 풀꽃과 나무, 갖가지 철새와 곤충들을 만나던 곳이었다. 즐거운 기억이 더 많던 곳이었음을 기억에서 꺼낼 수만 있다면 용기 내어 다시 찾을 수 있는 곳이기도 했다. 다시 찾은 그곳에서 새로운 것을 발견하고 그 기억으로 이전의 나쁜 기억을 덮을 테니 반디가 앞으로 다시 생태공원을 찾을 일이 많아지겠다. 반디야, 너의 용기에 기립박수를 보내.

엄마와 나무 그늘에서 쉬며 하늘을 보았는데 구름들이 수다쟁이들처럼 모여 있는 것 같았다.

좋아하는 사람, 신뢰할 수 있는 사람과 함께라면 그곳이 가장 좋은 여행지다. 그런 사람과 함께여야 온 진심을 담아 스트레스 없이 자연과 오롯이 교감할 여유가 생길 테니까. 엄마, 나무 그늘, 쉼, 구름… 양지의 한 줄 문장에 여행의 요소가 그득하다.

딸이 다섯 살 때, 이른 아침부터 아이를 맡길 만한 어린이집이나 유치원을 찾지 못해서 근무하던 학교의 병설유치원에 데리고 다녔었다. 어린 딸과 매일 왕복 70㎞가 넘는 곳을 운전해 통근하던 기간이 도합 2년. 그 고단했던 출퇴근길을 반짝이는 여행길로 바꿔주던 순간이 있었다. 퇴근길 뒷좌석에 앉은 다섯 살 딸이 차창 밖을 소재 삼아 종알종알 말들을 쏟아냈었다. 태양을 집어삼킨 구름에 대한 얘기, 차창에 흘러내리던 빗방울에 대한 얘기. 기록으로 남겨두지 못해 내내 아쉬웠던 아이의 문장들. 양지가 쓴 "구름들이 수다쟁이들처럼 모여 있는 것 같다."처럼 아름답고 투명한 문장들. 그런 순간들은 다시 오지 않으므로 사력을 다해 남겨야 했는데 그땐 난 알지 못했다.

> 엄마랑 아빠랑 같이 뽑기방을 갔다. (중략) 나는 뽑기를 할 줄 몰라서 전부 다 아빠가 뽑아주셨다. 첫 번째로 쿠로미, 두 번째로 시나모롤, 세 번째로 헬로키티, 네 번째로 폼폼푸린, 다섯 번째로 마이 멜로디가 뽑혔다. 아빠가 너무 많이 뽑자 다른 언니들이 다 쳐다보았다. 나는 아빠가 뽑기를 처음 하는데 너무 잘해서 깜짝 놀랐다. 나는 (아빠가 뽑은) 5개를 손에 걸고 기념사진을 찍었다. 나는 우리 아빠가 최고다. 아빠께 "아빠, 최고!"라고 했다. 나는 우리 아빠가 너무 자랑스럽다.

여행의 묘미는 역시 함께한 사람의 새로운 면을 볼 때 극에 달한다. 이전에 겪어보지 않은 모습에 당황하기도 하고 몰랐던 재능을 발견하기도 하는 선물 같은 순간이다.

뽑기 인형을 척척 뽑아올려 살구가 "아빠, 최고!"를 부르짖었을 때, 살구 아빠의 어깨가 얼마나 으쓱했을까.

어린 딸의 기대에 부응하려 인형 뽑기에 필사적으로 임하셨을 아버님의 모습을 상상하니 흐뭇하게 웃음이 나온다.

딸과 둘만의 이탈리아 여행이 끝나던 날, 여행하면서 가장 좋았던 것이 무엇이었는지 물었다. 아이는 여행 내내 매일 한 개씩 먹었던 젤라또와 머물렀던 숙소에 있던 고양이라고 했다. 공들여 찾아본 수많은 여행지와 이탈리아에서만 볼 수 있는 화려한 건축물들은 사라지고 아이 마음에 든 게 고작 아이스크림과 고양이라니. 배신감에 눈을 흘기던 것도 잠시, 내게 가장 좋았던 순간도 별반 다르지 않다는 것을 알았다. 닮은 꼴 여자 둘이 여행 내내 화목하기만 했을 리 만무하지만, 여행 내내 서로에게 가장 많이 했던 말은 "사랑해"였다. 매일 싸우면서 또 매일 "사랑해"를 말하는 모순의 관계. 그것이 사춘기와 갱년기 초입에 들어서던 딸과 엄마의 여행이 남긴 최고의 장면이었다.

각 잡고 몇 날 며칠 계획을 세워 떠나야만 여행이 아니다. 우리는 매일 똑같이 반복되는 지루한 일상을 살아간다고 생각한다. 미세한 차이로 달라지는 주변 환경과 매일 다른 마음 상태의 사람들을 만난다는 사실을 쉽게 잊는다. 그 모든 것들에 조금씩 다르게 반응하며 살아가는 내가 있는데 어찌 매일이 같을 수 있을까. 가끔 찬란하고 대부분 고단한 삶의 모든 일상들, 잘 견뎌온 딸에게 말해주고 싶다. 여기까지 잘 왔어. 앞으로도 괜찮을 거야.

3월부터 조금씩 늘려가며 글쓰기를 연습해 왔지만 아이들의 글쓰기 진도가 똑같지는 않다. 흥미와 재능이 각양각색인 아이들은 각자의 영역에서, 다른 학생들보다 두각을 나타내기도, 뒤처지기도 한다. 자신의 결과물과 친구들의 것을 비교하며 칭찬을 받기도, 동기 부여가 되기도 한다. 아이들은 항상 또래 친구들에게서 더 많이 배운다.

해초는 다른 친구들보다 글쓰기 진도가 조금 늦다. 글감으로 쓸 자신의 경험을 생각해내는 데 시간이 오래 걸리기 때문이다. 자영업을 하시는 해초 어머니는 평소 너무 바빠 잘 챙겨주지 못한다고 상담 때마다 미안해하셨다. 해초와 나 모두에게. 하교하고도 거의 매일 교실에 남아 과제를 해결하고 가는 해초는 싫은 내색을 한 적이 없다. 함께 과제를 도와주시는 협력 선생님께서 해초의 학습을 잘 도와주시기 때문이기도 하겠지만, 해초는 집에 돌아가 어차피 홀로 되는 시간보다는 낫다고 생각하는지도 모른다.

오늘은 집에 있다가 심심해서 놀이터에 갔다. 근데 친구들이 없었다. 혼자 놀고 있는데 좀 이따가 친구들이 왔다. 근데 친구들이 조금밖에 없었다. 친구들이 20분밖에 놀 수 없다고 말했다. 나는 좀 아쉬웠다. 그래도 재미있게 놀았다.

해초가 쓴 글에 등장하는 놀이터는 글처럼 단출하다. 친구들이 없는 놀이터. 친구들이 모이는 곳이 곧 놀이터였던 나의 어린 시절을 떠올리면 참 아쉬운 일이다. 아파트 단지 내 놀이터는 엄격한 안전 기준을 통과한 재미난 놀이 기구로 가득하다. 형형색색의 고운 색감으로 아이들의 관심을 사로잡는다. 그런데 정작 함께 놀 친구가 없다. 아이들은 함께 놀 친구만 있다면 놀이 기구의 색감 따위 아무 상관없다. 허허벌판에서도 놀이를 만들어내니까.

친구들과 함께한 20분은 그날 하루 해초에게 가장 행복한 시간이었을 것이다. 충분히 놀기에는 턱없이 부족한 시간과 함께 뛰어놀 친구들의 결핍. 우린 우리 아이들을 잘 길러내고 있는 것일까.

나는 매일 봄이 되면 겨울이 그립고 가을이 되면 여름이 그립다. 왜 그런 걸까? 봄 때 누워 있으면 겨울 때 따뜻하게 장판 틀고 스마트폰 보고 있는 게 생각나고 가을에 엎드려 있으면 여름에 에어컨 틀고 수박 먹는 게 생각난다. 그래서 과일을 먹을 때,

"엄마, 왜 요즘은 수박 없어?"

라고 고개를 갸우뚱갸우뚱하면서 (엄마에게) 물었다.

"수박은 여름에 먹는 거지~"

나는 갑자기 수박이 먹고 싶어졌다. 역시 계절 상관없이 나오는 건 우리 학교 급식이다.

고란이가 쓴 '여름아, 돌아와!' 일부이다. 계절에 대한 고란이의 생각은 2학년짜리 아이만의 것이 아니다. 매

계절마다 반대의 계절을 그리워하는 마음은 누구나 한 번쯤 품어보지 않았을까. 따뜻한 장판 위에서 스마트폰을 보거나 에어컨을 틀어놓고 시원한 수박을 먹는 것은 영락없는 내 모습이다. 그래도 가을에 수박을 찾는 데서 고란이의 아홉 살다운 모습을 발견하고 반가워진다. 그래, 2학년이면 2학년답게 생각해야지. 그러다 계절과 상관없는 먹거리는 학교 급식이라는 통찰에 다시 고란이의 아이다움을 의심한다. 내 사고 수준이 아홉 살 아이들과 같으려나? 고란아, 선생님도 네 생각이랑 똑같아. 어느 계절이건 우리 학교 급식이 최고야!

> 저번 주에 나는 반팔 옷을 입고 아빠랑 자전거를 탔다. 우리가 △△산쯤 갔을 때 갑자기 추워졌다. 나는 으스스 떨었다. 그래서 헥헥거리면서 잠바를 가져왔더니 따뜻했다. 근데 이번엔 똑토로록 비가 내렸다. 으악!!! 나는 집으로 힘차게 달려갔다. 집에서 아빠가 내 옷을 쭉~ 짜냈더니 물이 2리터쯤 나왔다. 가을 날씨는 나쁘다.

방풍이가 쓴 '가을 날씨는 나빠'라는 글이다. 봄 날씨는 변덕쟁이라고 배운 방풍이지만 가을 날씨도 만만치 않음을 온몸으로 체험했나 보다.

한창 국어 교육과정에서 흉내 내는 말을 배우는 중이라 2개 이상 활용해 쓰도록 했더니 열심히 한 흔적이 보인다. '똑토토톡' 내리는 비는 어느 정도였을까 싶었는데, 짜낸 옷에서 2리터쯤이나 나올 정도였단다. 방풍이의 2리터만 한 허풍에 푸핫! 웃음이 터진다. 근데 방풍아, 너 2리터가 어느 정도인지는 알고 쓴 거니? 이제 가을 날씨도 변덕스럽다는 것을 체감했으니 다음 외출 땐 우산 꼭 챙겨 다니자.

　　일주일 전! 우리 집에 닌텐도가 왔다. 정말 기분이 좋았다. 나에게 행운의 날이었다. 피용피용 마리오 카트 게임을 할 생각에 가슴이 두근두근했다.

　　아빠, 엄마, 나, 동생이 게임을 했다. 3, 2, 1, Go! 나는 열심히 게임을 했는데… 12등이었다. 생각보다 훨씬 어려웠다. 아무렇게나 누르는 동생이 3등이라니…ㅠ 엄마는 공부할 때도 안 하는 잔소리를 게임 시간에 했다.

　　"김태진! 오늘 안에 10등 안으로 들어! 게임도 열심히! 알겠어?"

　　엄마는 여기서 닌텐도 올림픽 2021년을 하는 줄 아나 보다. 주말에 열심히 연습해야겠다.

'행운의 날'에 나온 태진이 가족의 모습이 훈훈하다. 사실 부모 입장은 다 똑같다. 우리 아이가 가족의 일상을 글로 쓸 때 굳이 쓰지 않아도 될 내용을 적을까 봐 걱정한다. 나도 내 아이를 조금 심하게 야단쳤던 날, 아이가 일기에 엄마를 악마로 써낼까 봐 쩔렸으니까.

아이들은 부모의 거울이다. 아이가 밖에서 어찌 행동할지 걱정이 된다면 가정에서 부모가 행동으로 보여주자. 아이여서 잘 모를 거라 생각하는 건 부모들만의 착각이다. 아이들은 '매우 근본적인 것'을 '본능적으로' 알아챈다. 자신을 둘러싼 세계가 얼마나 잘 굴러가고 있는지.

태진이 어머니의 저런 열정이 태진이가 공부할 때도 나오는 건 아니라니 다행이다. 게임을 열심히 하라고 격려하는 엄마라면 아이들이 몰래, 숨어서 무언가를 하지는 않겠지. 과연 이번 주말이 지나면 태진이 닌텐도 올림픽에서 10등 안에 들지 궁금하다. 이번 주말에도 태진이 엄마는 열심히 아들의 게임을 응원하시겠지. 태진이 엄마와 태진이, 모두의 건투를 빈다.

3부

바람 빠진 내 마음

다정 불어넣을 시간

누군가 나에게 어린이에게 배울 점을 하나만 꼽아보라면, (매우 어렵지만) 그중 '편견이 없는 사랑의 마음'을 꼽겠다.

어린이에게 가장 부족한 것이 있다면 '경험'일 테다. 경험이 많다는 건 어른들이 이미 만들어놓은 세상을 그만큼 많이 겪는다는 말이니 과연 어린이가 많은 경험을 한다는 것이 좋기만 할 것인가. 그 경험에는 온갖 편견과 선입견으로 얼룩진 어른들의 생각까지 덧씌워져 있을 테니 차라리 겪지 않는 게 낫지 않을까, 싶기도 하다.

영상을 봤어요. 눈도 안 보이고 귀가 안 들리는 친구가 나왔어요. 그 친구들이 놀이터에서 불편하지 않게 놀면 좋겠어요.

'장애인의 날'을 맞아 관련 영상을 보고 아이들과 이야기를 나눈 후 소라가 쓴 글이다. 모두가 함께 놀아야 할 놀이터인데 소외되는 친구들이 있다는 사실에 아이들은 안타까워했다. 한 아이가 자기네 아파트 놀이터에는 영상에서처럼 몸이 불편한 친구들이 없다고 했다. "그런 친구들이 없는 게 아니라 아파트 놀이터가 그 친구들이 놀기에는 불편하고 위험해서 나와 놀 수 없을지도 몰라."라는 내 말에 아이의 눈동자가 순간 커졌다.

아이들이 묻는다. 왜 휠체어를 탄 장애인들이 (그들에게도 마땅히 보장된 권리인) 이동권을 보장해 달라며 필사적인 시위를 벌이는 것인지. 어떻게 설명해야 할까. 왜 자꾸 출근 시간대에 시위를 벌여 출근길 불편을 초래하느냐는 비장애인들의 불평은 또 어떻게 이해시켜야 할까. 사회적 최약자들의 권리가 마땅히 보장될 때, 모두에게 편안한 세상이 된다는 당연한 사실을 우리는 어린이만큼이라도 알고 있는 것일까.

오늘은 미술 학원에서 그림을 그렸다. (중략) 집에 가는 길에 꽃을 따 아픈 엄마에게 주었다.

오늘 친할머니 댁에 갔다. 할머니는 돌아가셨지만 나도 행복하게 살고 친할머니와 할아버지도 하늘나라에서 행복하게 살았으면 좋겠다.

꽃을 따 아픈 엄마에게 건네고, 돌아가신 할머니, 할아 버지의 행복을 바라는 어린이의 마음 앞에 무장해제되 지 않을 어른들이 있을까.

가정의 달 5월은 가족 간의 사랑을 확인하고 공고히 하는 달이다. 나의 가족을 생각하는 마음이 깊을수록 누 군가의 외로움은 더 커질 수도 있음을 아이들이 앞으로 도 잊지 않기를 바란다. 엄마, 아빠, 할머니, 할아버지를 염려하는 아이들의 마음이 소외된 이웃에 대한 관심으 로까지 연결되기를 소망한다.

오늘 쫑이를 입양하고 처음으로 산책을 했다. 처음이라 쫑이가 조금 무서워했지만, 내가 안아주기도 하고 발맞추어 걷고 뛰며 금방 적응했다.

오늘은 콩이와 신나게 놀아줬다. 콩이가 놀고 자는 모습을 관찰했다.

귀엽고 깜찍한 콩이는 겁쟁이지만 그게 콩이의 매력이다. 콩이는

어쩌면 지구 최강 귀요미일지도.

　어린이의 문장에는 반려동물을 아끼고 사랑하는 마음이 한가득이다. 입양된 후, 처음 산책을 나선 강아지가 무서워하지 않도록 발맞춰 걷고 뛰어주는 어린 견주의 배려에 입양된 강아지는 얼마나 안심이 됐을까. 애정어린 시선으로 바라보면 상대의 단점도 예쁜 법. 반려견의 모든 모습을 매력으로 받아들일 수 있는 까닭은 아이의 마음에 사랑이 가득하기 때문이다. 다정도 병인 양하여 자기 강아지가 '지구 최강 귀요미'로 보일지라도 그것은 사랑에 빠진 모든 존재들의 속성 아니던가. 지금은 겁이 많은 강아지에 불과하지만 사랑을 실컷 받은 어린 반려견이 언젠가는 늠름하게 성장하여 어린 견주를 지켜줄 날이 올 것이다.

큰아빠와 '●● 곱창'이라는 곱창 가게에서 안 매운 곱창을 먹었다.

먹었더니 그렇게 맛있지는 않았고, 아저씨의 수염을 깎은 냄새가

났다. 매운 곱창은 이상한 냄새가 안 난다. 그런데 아직 나는 매운

음식을 잘 못 먹는다. 우리나라에서 맛있는 음식은 거의 다 맵다. 얼른 매운 음식을 먹는 연습을 많이 해서 빨리 다 먹어버리고 싶다.

죽순은 대나무류의 땅속줄기에서 돋아나는 어리고 연한 싹으로, 성장한 대나무에서 볼 수 있는 형질을 다 갖추고 있다고 한다. 아이들의 문장에서 죽순처럼 옹골진 표현을 만나면 그렇게 반가울 수가 없다. 안 매운 곱창에서 아저씨의 수염 깎은 냄새가 났다는 나름이의 표현에 절로 미소가 지어졌다. '아저씨가 수염을 깎은 냄새'는 과연 어떤 냄새일지는 잘 모르겠지만, 얼마나 이상한 맛이었을지는 충분히 짐작할 수 있겠다.

은유 작가는 《글쓰기의 최전선》에서 자기 삶을 설명할 수 있는 언어를 갖지 못할 때 누구나 약자라고, 자기 언어가 없으면 삶의 지분이 줄어든다고 했다. 아직은 충분히 즐기기 어려운 매운맛의 세계를 나름이가 제대로 알게 되는 날이 삶의 매운맛을 맛본 날은 아니길 바란다. 나름이가 차근차근 매운맛의 단계를 연습해서 세상의 매운맛을 자기의 언어로 거뜬히 설명하고 삶의 지분을 충분히 누렸으면 좋겠다.

자신을 솔직하게 드러낸다는 것은 어느 정도 손해를 감수해야 하는 일이다. 가까운 이에게 털어놓은 진심이 와전되어 본의 아니게 다른 이에게 상처를 주기도 하고, 고민하는 친구에게 솔직한 해결책을 제시했다가 되레 친구와의 관계가 서먹해지기도 한다.

자신을 커튼 뒤에 숨기는 게 서툰 사람은 그것이 능숙한 사람을 만나면 신기하다. 어떻게 그렇게 포커페이스를 잘 유지할 수 있는지 놀랍기만 하다. 반대로 자신을 잘 드러내지 않는 이의 눈에는 솔직한 사람이 너무 사사로워 보일지 모른다. 친밀감의 농도는 사람마다 달라서

관계 맺기에는 늘 수고로움이 따르기 마련이다.

아이들은 복잡하게 생각하지 않는다. 좋으면 웃고 기분이 나쁘면 찡그린다. 억울하면 울고 화가 나면 씩씩댄다. 신나면 춤을 추고 좋은 일이 생기면 말이 많아진다.

사람은 의사소통을 할 때 비언어적인 표현을 자주 사용한다. 그 비율이 표현의 수단으로는 65%, 의미 전달을 위한 수단으로는 90% 이상을 차지한다고 하니 어린이의 '느낌대로 표현법'은 즉각적이고 효율적이라 하겠다. 간혹 감정 표현이 서툰 어린이를 만날 때면 감정을 숨기는 데 능숙한 어른을 만날 때만큼이나 조심스러워진다.

내 동생이 잘하는 건 먹기다. 못하는 건 욕이다. 나는 욕 중에 뭐가 있는지 잘은 모르는데 알고 싶지만 알면 생각만 나빠지니까 알면 안 될 것 같다.

'내 동생'이라는 글에서 잔디는 아홉 살이라고는 믿기지 않는 자제력을 발휘한다. 알고 싶지만 좋지 않은 일이니 자신의 욕망을 누르다니. '욕망을 자제하는 어린이'라는 말은 '신나는 야근'처럼 전후가 어울리지 않는 문구다. 언제나 금기는 호기심을 자극하여 자꾸만 흘깃거리는 내 안의 나를 마주하게 되는데 말이다.

사용하는 말은 어느 정도 사람의 됨됨이를 파악하는 척도가 되기도 하지만 말이란 또 가볍기 이를 데 없기도 하다. 실제 행동과 먼 말일수록 번드르르하기 마련이니까. 말하기는 쉽고 행동은 어렵다는 걸 알지만 때론 말이 행동을 이끌기도 하니 말을 골라 해야 하는 이유다.

잔디가 세상의 욕을 알게 되더라도 그렇게 나빠지지는 않는다는 걸 알게 될 날이 곧 올 거다. 세상에 치이고 공연히 억울한 마음이 들 때, 오히려 적당한 욕 한마디가 얼마나 자신에게 위안이 되는지 알 날이 멀지 않았다.

첫 아이 임신하고 조금씩 배가 불러오기 시작했을 때, 옷을 어떻게 입을지 도대체 감을 잡을 수 없어 처음으로 임부복을 사서 입었던 날. "너는 아직 배도 안 나왔는데 벌써 임산복을 입었냐!" 하시는 왕언니 선생님의 독특한 관심에 놀라고 억울해서 퇴근 후 집에서 서러워했던 적이 있었다. 당시 직장 때문에 남편은 서울, 난 지방에 떨어져 2년째 주말부부 생활을 해온 참이었다. 기다리던 첫 아이가 생겼으나 뭐 하나 제대로 먹을 수 없을 정도로 심하게 입덧에 시달리며 겨우 직장 생활을 하던 와중이어서 더 서러웠던 것 같다. 그날 저녁, 남편이 수화기 너머 내 목소리가 좋지 않자, 꼬치꼬치 무슨 일인지 캐물었다. 이야기를 들은 남편의 입에서 처음으로 내가 평소 혐오하던 말들이 방언처럼 터져나왔을 때, 난 처음으로 그가 '남의 편'이 아니라 '내 편'이라는 동지애를 느꼈다. 그래서 가끔 친구나 후배가 분한 상황에 처하면 최선을 다해서 상대를 욕해준다. 얼굴도 모르는 상대를 비난하는 데 목적이 있는 게 아님은 상대도 알고 나도 안다.

때로는 욕이 위로가 되기도 한다. 어린 잔디에게 '위로의 욕'에 대해 설명해주기엔 턱없이 부족한 나의 문장 구사력이 참 아쉽다.

드디어 주말이다!!! 난 맨날 주말에 엄마랑 침대에서 인형을 안고 뒹굴~ 뒹굴~ 아무것도 하기 싫다.

-다음 날-

잘 잤다~ 어? 벌써 일요일이다. 벌써 일요일이라니~ 내일은 벌써 학교를 가야 된다. 으앵~

나리의 '기분 탓인가?'라는 글에서 솔직한 어린이의 모습을 본다. 가끔 금요일 하굣길에 토요일도 선생님을 만나러 학교에 오고 싶다고 말하는 2학년 어린이의 하얀 거짓말을 만날 때가 있다. 그럴 때는 "정말? 그럴 리가." 라고 말하고 싶어지는 걸 꾹 참고, 나 역시 하얀 거짓말로 응수한다. "선생님도."

침대와 한 몸이 된 주말 늦잠의 달콤함. 이것을 모르는 이와는 삶의 공통분모를 찾기 어려울 것 같다. 별 볼 일 없는 금요일 밤일지라도 빨리 잠드는 건 암만 생각해도 억울하다. 눈에 불을 켜고 넷플릭스 영화라도 보면서 잠자기를 미루다 나도 몰래 까무룩 잠든 다음 날 아침, 늦게까지 뒹굴거리며 이불속에서 나오고 싶지 않은 마음. 일주일에 한 번 부려보는 게으름을 뭐라 나무란단 말인가. '열심히 일한 당신, 떠나라!'라던 과거 TV 광고 문구처럼 주중에 열심히 달렸으니 주말 하루 실컷 게을러 보는 거다. 모쪼록 나리의 바람대로 나리 엄마도 주말 아침 충분히 뒹굴거릴 수 있는 여건이기를 바란다.

《이오덕의 글쓰기》에서 이오덕 선생님은 좋은 글이란,

가슴을 울리는 글, 곧 감동이 담긴 글이라고 하신다. 글의 가치는 글의 길이에 있지 않으며 문장을 꾸며 만드는 손재주에 있는 것도 아니라고 일갈하신다. 아무리 근사하게 쓴 것 같아도 읽는 이의 가슴에 아무것도 와닿는 것이 없으면 좋지 않은 글이며 서투르게 보여도 감흥을 느낄 수 있다면 좋은 글이라고 하신다. 그러니 어린이들이 자신들의 경험을 솔직하게 쓰고 재미나 감동을 주면 그 글을 좋은 글이라고 하겠다.

이오덕 선생님은 말씀하신다. 어린이가 솔직하게 자신의 경험을 글로 쓸 때 자신의 삶과 마음을 돌아볼 수 있으며, 아이들 마음의 본바탕인 '정직성'을 키워갈 수 있다고. 어린이는 겉꾸밈을 싫어하고 있는 그대로 살고 싶어 하는 존재라고. 그런 어린이의 깨끗한 마음 바탕을 그대로 지켜가도록 하기 위해 무엇보다 솔직한 글쓰기가 필요한 것이다. 정직하고 솔직한 글쓰기는 자신의 삶을 바로 보고, 삶을 다져 건강하게 살아가는 태도를 기르도록 돕는다.

어린이의 글은 솔직하기 때문에 더 빛난다. 솔직하게

쓴 글에는 아이들의 생각과 삶이 생생히 살아 숨 쉰다. 그렇게 쓰인 글이 읽는 이에게 감동을 주고 격려를 받는다면 어찌 어린이의 삶이 보다 당당해지지 않겠는가. 글속에 반짝이는 아이들의 본마음을 들여다보는 즐거움. 그건 초등교사로서 누릴 수 있는 가장 큰 기쁨이다.

신비주의로 일관하는 사람에게 호기심이 생길 수는 있지만, 난 여전히 자신을 드러내는 사람에게 더 마음이 간다. 돌려 말하지 않는 단순함. 그것에 진실한 마음이 느껴지기 때문이다. 신비주의를 사양하는 어린이의 문장에서 투명한 어린이의 마음을 읽는다. 어린이의 생각이 솔직하게 일어난 자리. 그곳이 어른이 관심을 갖고 들여다보아야 할 곳이다.

생각이 정리되지 않을 땐 몸을 움직인다. 느슨해진 피부에 찬바람이 닿고 회로가 꼬인 뇌에 맑은 공기를 쐬면 조금 더 투명해진다. 비워야 채울 수 있다. 생각의 찌꺼기를 버리고 맑아졌을 때 비로소 좋은 생각이 들어찰 여지가 생긴다.

고등학생 시절, 공부와 성적, 진로에 대한 스트레스가 나를 압도하려 할 때면 집 근처 시장에 가곤 했다. 시장에서 만나는 모든 것들은 파닥파닥 생기가 넘쳤다. 매대에 진열된 이름도 모르는 등 푸른 생선들과 먹음직스러운 빛깔의 과일들, 푸릇한 채소들을 보면 왠지 기운이 솟았다. 물건을 사고파는 사람들의 모습이 이상하게 위안이 되었다. 실체 없이 떠다니는 걱정과 불안, 막막함이 바쁘게 돌아가는 시장에서는 한없이 옅어졌다. 매 순간을 온몸으로 부대끼며 살아가는 실체들 앞에 서면 왠지 좀 더 자유로워졌다.

> **오늘은 최악의 날이다. 왜냐면 아침에 기운이 없고 입맛 없고 걸을 때**
>
> **힘들고 몸 쑤시고 무서운 꿈 + 안 좋은 꿈 꾸고 친구랑 싸우고… 정말**
>
> **인생 최악의 날이었다.**

청하의 이날 하루는 참 긴 하루였겠다. 안 좋은 일은 왜 이렇게 몰아서 오는 걸까? 이런 날은 등교해서 수업을 듣는 일이 다른 날보다 훨씬 버거웠을 텐데 선생님이나 친구들이 이런 청하의 사정을 알 턱이 없다. 몸도 마음도 추스르기 힘든 날, 타인의 감정까지 살필 여유가 있을 리가. 결국 친구와도 싸우고 집으로 돌아간 날은 아홉 살 인생 최악의 날로 기록된다.

온 세상이 다 한편 먹고 나만 내치는 것 같은 날엔 그

분함과 억울함, 그리고 뒤끝에 오래도록 남아 있을 외로움까지 꺼내어 이렇게 문장으로 뱉어내었으면 좋겠다. 조금이라도 비워낸 마음에 평안이 깃들 수 있도록.

오늘은 나의 생일이다. 친구들이랑 생일이어서 같이 놀고 싶었는데 다 휴가를 가서 다 같이 못 놀았다. 그래서 슬펐다. 근데 가족이 위로해 줬다. 너무 고마웠다. 가족 최고!

친구에 죽고 친구에 사는 백하에게 자신의 생일날 축하해줄 친구들이 없다니 이건 재앙이다. 방학 중에 생일을 맞는 아이들이 겪을 슬픔과 소외감을 담임이 모르지 않아서 다행이다.

내 생일도 여름방학 중간에 껴 있던 터라 반 친구들에게 제대로 된 축하를 받아보지 못했다. 학창 시절 내 생일을 회상하면 엄마가 끓여주신 미역국과 잘 익은 포도 한 송이(내 최애 과일이었다.)가 떠오를 뿐 친구들의 모습은 없다. 어려운 형편에 친구들을 부르는 생일 파티는 언감생심이었다. 반면 생일 파티에 초대되어 갔던 날, 친구들에게 둘러싸여 축하를 받는 생일자가 얼마나 부러웠던지. 모두의 축하를 받는 친구가 '중요한' 사람인 것 같앉다. 화려한 축하와 상관없이, 세상에 태어난 이들은 모두 소중한 존재인데 말이다. 어린 백하에게 전해주고 싶다. 백하야, 네가 이 세상에 온 날에 소중한 존재의 역사가 시작되었다는 걸 기억하렴.

오늘은 비가 많이 왔다. 폭우로 하늘에서 구멍이 난 것처럼 비가 쏟아져 내렸다. 강아지 산책 대신 엄마와 함께 작은 도서관에서 책도 읽고 동화책을 많이 빌려왔다. 그리고 엄마와 단둘이 데이트도 하고 인생네컷 사진도 찍었다. 예쁜 머리띠를 하고 귀여운 척도 하고 재미있었다. 엄마와 많은 걸 함께하고 싶다.

마음껏 뛰어놀아도 부족할 여름방학에 비라니. 이건 반칙이다. 강아지랑 산책도 하고 자전거도 타고 친구들과 놀이터에서 놀고… 할 일이 얼마나 많은데. 그래도 다지는 약해지지 않는다. 엄마와 둘만의 데이트가 기다리고 있으니까. 인생네컷을 찍으며 엄마와 어떤 귀여운 척을 했을지 해본 사람은 안다. 내 지갑에도 큰딸과 찍은 인생네컷 사진이 있다. 늘 엄마의 오롯한 눈길이 고픈 맏딸들이 엄마를 통으로 차지한 날. 까짓거 우울한 날씨는 아무것도 아니다.

안희연 작가의 산문집 《단어의 집》에서 '버력'이라는 낱말을 만났다. 광석을 캘 때 광물이 섞여 있지 않아 쉬이 버려지는 잡돌을 '버력'이라고 한단다. 우린 어쩌면 이 버력 같은 존재가 될까 봐 매일 고군분투하고 있는지 모른다. 나는 아이들에게 버력이 '물속 밑바닥에 기초를 만들거나 수중 구조물의 밑부분을 보호하기 위해 필요한 돌멩이'라는 뜻도 있음을 함께 알려주고 싶다. 세상엔 광물 같은 존재도, 버력 같은 존재도 없어서는 안 된다. 그러니 너무 모든 전투에 다 싸워 이기려고 하지 않았으면 좋겠다.

우리는 매일 크고 작은 전투에 직면한다. 그렇다고 모든 전투에 응할 수는 없다. 그것은 불가능하다. 좋은 전투, 다시 말해 인생에 무언가를 가져다줄 전투가 무엇인지 아는 것이 무엇보다 중요하다. 그리고 그 밖의 나머지는 무심하게 행동하는 법을 배워야 한다.

— 말레네 뤼달, 《덴마크 사람들처럼》

힘들고 지치고 납작해졌다면 좋지 않은 전투에 온 힘을 쏟았기 때문일 것이다. 삶에는 비타민이 필요한 순간이 있다. 내면의 소리에 귀를 기울이고 스스로를 다독이며 다른 것에는 조금 무심해질 시간 말이다. 나를 제자리로 데려다줄 비타민은 무엇인지 잘 찾아보도록 하자.

아들이 초등학생이었을 때, 운전하여 함께 어딘가로 갈 때면 뒷좌석에 앉아 있던 아이에게 팔을 뻗어 손을 가만히 잡아보곤 했다.

"아들, 손이 얼마나 컸나 보자."

어린 아들 녀석의 손은 작고 여렸으며 보드라웠다. 그 순하고 말랑말랑한 촉감이 좋아서 만져보곤 했던 아들의 손. 내 손이 작은 편인데도 마주 댄 아이 손은 항상 나보다 작았다.

"아이고, 아직도 엄마보다 작네. 언제 엄마보다 크려나."

아들의 작은 손이 성장 속도의 기준점이라도 되는 양 나는 자주 아들의 손과 마주 대며 아이 손이 내 손보다 커지는 날을 고대해왔다.

　아이가 초등학교 고학년이 되고 중학생이 되면서 나와 아들 둘만이 차 안에 탄 채 이동하는 일은 거의 없어졌다. 그렇게 아이의 손을 잡아보는 일은 멀어져 갔다. 손을 잡는 일이야 집에 있을 때 언제라도 할 수 있는데도 희한하게 차에 단둘이 앉아 손을 잡던 그 분위기가 집에서는 도통 만들어지지가 않았다. 백미러로 아들의 얼굴을 넘겨다보며 쥐어보던 아들 손의 감촉, 맞잡은 손에서 전해지던 아들과 연결되는 듯한 느낌이 참 좋았다.

　중학생이 된 아들이 학원을 마치고 홀로 늦은 저녁을 먹게 됐었다. 맞은편에 앉아 허기를 채우던 아들을 가만히 바라보고 있노라니, 초등학생이었을 때 아이의 조그맣던 손이 생각났다.
　"아들, 손 좀 줘봐."
　배고파 죽겠는데 뜬금없는 엄마의 요구가 귀찮을 법도 했으련만, 아들은 숟가락을 쥐고 있지 않은 손을 무심히 건네주었다. 가만히 만져보니 그 손은 더 이상 말랑말랑한 작은 손이 아니었다. 두툼해지고 길어진 손가락. 제법 기운 있어 보이는 '남자'의 손이었다. 잡아끄는 내 손을 가볍게 제지할 때 들어가는 힘. 그것은 더 이상 아들이 어린아이가 아님을 알려주고 있었다.

언제 이렇게 훌쩍 큰 걸까. 아빠의 외투도 입는 아이가 손만 자랐을 리 없는데도 난 자꾸 차 안에서 잡았던 아들의 손을 마음에 담아두고 있었나 보다. 내 손보다 커진 아들의 손을 그렇게 기다려 왔으면서 막상 현실로 마주하니 단순히 기쁘지만은 않더라. 작은 날개를 파닥이던 어린 새가 어느새 단단한 날개를 가졌다는 사실은 더 넓은 세상으로 날아갈 준비가 되었다는 뜻이다. 그렇다면 어미새는 언제부터 곁에서 떠나보낼 준비를 하는 것일까.

아빠는 김포공항에 가서 지하철을 타고 인천공항에 가셨다. 왜 인천공항에 가셨냐면, 아빠가 출장을 가야 해서다. 아빠는 지금쯤 비행기를 타고 태평양을 건너고 있을 것이다. 나도 아빠와 미국에 가고 싶었지만 코로나 검사를 하지 않았기 때문에 미국에 가는 비행기를 타지 못하고 7일을 기다려야 한다. 아~! 나도 미국에 가고 싶다.

"아빠! 해외 출장 가서 힘내세요! 나는 일주일 동안 엄마랑 동생이랑 우리 집을 잘 지키고 있을게요. 코로나 바이러스 조심하시고 안전하게 집으로 오실 거죠?"

'아빠의 해외 출장'에서 남천이는 더 이상 초등학교 2학년 어린아이가 아니다. 아빠의 부재 동안 자신의 역할이 무엇인지 아는 아홉 살이다.

남천이가 예전에 쓴 글이 떠오른다. 남천이와 둘이서 훌쩍 여행을 떠나 부자 관계를 돈독하게 쌓아가던 남천이 아빠의 모습. 다 큰 남자 어른과 앞으로 아빠보다 더 클 남자 어린이 둘만 떠난 여행은 남자 어린이에게는 특별한 추억을 남겼다. 아빠와의 추억을 가슴에 품은 아들은 아빠의 빈자리에 오래 연연할 필요가 없다. 자신을 믿고 지지해주는 어른이 있다는 것이 어린이에게는 미지의 세상에 대한 막연한 두려움을 떨치게 해주는 원동력이다.

해외 출장을 떠나기 전, 남천이 아빠가 "아빠가 없는 동안 네가 우리 집에서 제일 큰 남자야. 그러니까…."를 운운하지 않더라도 남천이는 자신에게 주어진 본분을 스스로 찾을 것이다. 그것은 하루아침에 이루어진 일이 아니요, 아이와 부모가 맺어온 단단한 관계에서 자연스레 키워지는 일이다.

> 오늘 샤워실에서 엄마가 무섭게 문을 닫고 갔다. 무서웠다. 엄마가 미웠다. 그래서 엄마가 안아줬다. 그런데 엄마 옷이 젖었다. 엄마가 "에라, 모르겠다." 이러고 엄마와 물장난 샤워를 했다.

엄마와 샤워를 하며 있었던 일을 쓴 송화의 글이다. 글에 쓰지 않아서 무슨 일로 엄마가 샤워실을 무섭게 닫고 갔는지는 알 수 없다. 그러나 샤워실에 홀로 남겨진 아홉 살 여자 어린이의 느낌은 충분히 알 수 있다. 무섭고 미운 복잡한 아이의 응어리를 녹이는 것은 엄마의 따뜻한 '포옹'이다.

자신이 젖는 것은 아랑곳하지 않고 자식을 끌어안는 어머니. 우리 어머니들은 항상 이렇다. 상대의 마음을 들여다보고 공감하는 데 능숙한 여자 어른과 여자 어린이의 연대는 나이와 세대를 뛰어넘는다. 복잡한 감정의 실타래가 풀리지 않는다면, 우리에겐 '에라, 모르겠다.'라는 심정으로 서로를 끌어안는 용기가 필요하다. 더운 가슴이 맞닿아야만 알 수 있는 게 있으니까. 긴 변명도, 어쭙잖은 사과도 필요 없게 만드는 건 서로를 끌어안는 순간뿐이다.

옆에 있는 아이, 혹은 부모의 손을 가만히 잡아보기. 그리고 따뜻하게 안아보기. 진심을 전할 수 있는 방법은 이것뿐이다.

"선생님, 1학기 끝나면 선생님 나이 말씀해 주신다면서요?"

우리 반 깜찍한 학생 하나가 쉬는 시간에 지나가는 내 앞으로 불쑥 들어오며 말했다.

"내가 언제?"

"에이~ 선생님이 그렇게 말씀하셨잖아요!"

아이가 억울한 듯한 미간을 찡그리다 이내 호기심 어린 눈웃음을 짓는다. 이렇게까지 했으니 이제는 말해주지 않을까, 하는 기대감으로.

아이들은 담임 선생님의 나이가 궁금하다. 아홉 살은 워낙 호기심이 많을 나이이니 선생님의 나이도 그중 하나려니 싶다가도 매년 똑같은 것을 궁금해하는 아이들이 참 신기하다. 30대 때까지야 어른들의 나이를 잘 구분하지 못하는 아이들이 스물 몇 살쯤을 말하기도 해 "몇 살로 보이니?"라는 질문을 호기롭게 던지기도 했었다. 하나 이제는 그럴 용기가 줄었다. 언젠가부터 점점 내 나이와 비슷한 숫자를 말하는 아이들이 늘어난 데다, 간혹 장난꾸러기 남자아이들이 별생각 없이 내 나이보다 더 많은 나이를 말할 때면 표정 관리가 어려워지기 때문이다. 선생님의 진짜 나이를 알게 된다면 아이들은 어떤 표정을 지을까?

2학년 담임을 맡은 지 8년째. 그동안 나는 우리 반 아이들의 엄마들과 비슷한 나이였다가 한두 살 많아지더니 이제는 큰언니뻘이 되었다. 일찍 자녀를 둔 학부모의 엄마뻘이 될 날도 그리 멀지 않았다. 처음 2학년을 맡을 때는 학부모님들이 가졌던 궁금증이나 고민이 내 아이들을 두고 했던 고민과 비슷했다. 그래서 학부모 상담 때는 동병상련의 고충을 공유하기도 했었다. 그런데 이제 학부모들의 질문과 고민이 내 과거의 것과 비슷하다. 초등학교 2학년이었던 내 아이들은 훌쩍 컸고 나는 다른 고민을 갖고 살아간다. 이 또한 지나가면 어느 정도는 시간이 답을 제시해줄 테지만, 현재의 고민만큼 무거운 것은 세상에 없다.

내가 오늘 처음 자석을 정리하는 담당을 맡았다. 잘해야겠다.

하늘이는 신중한 아이다. 수업 시간에 자기 몫을 서둘러 마무리하고, 어려워하는 친구를 자발적으로 도와주는 하늘이의 성정을 보고 있노라면 아홉 살 어린이가 어쩌면 그렇게 반듯할 수 있는지 감탄이 절로 나온다. 자신의 역할을 바로 알고 최선을 다하려는 어린이의 태도는 그 자체로 귀감이다. 그래도 처음부터 큰 부담을 갖고 잘하려고 너무 애쓰지 않았으면 좋겠다. '처음' 하는 일이니 언제든 실수할 수 있으며 어떤 일이든 재능이 없더라도 꾸준함으로 나아지기 마련이니까. '중요한 건 꺾이지 않는 마음'이라 하지 않던가. 꺾이지 않는 데다 지속가능성까지 장착한다면 다 끝난 거다. '중요한 건 자기 본분과 역할이 무엇인지 바로 알고 최선을 다해 수행하며 결과를 책임지려는 마음과 태도'라고 선생의 언어로 순화해본다(고루한 문장은 3음절로 줄여지지 않는다). 하늘이의 평소 태도로 보아 앞으로 자석 정리는 걱정할 필요가 없겠다.

나는 고민했다. 우린 꿈끼(꿈과 끼) 발표할 때, 아주 힘들었다. 우리 동네를 만들며 투닥투닥하며 만들었다. 제일 친한 친구도 생각이 갈라지게 만든 건 그 만들기였다. 그것을 할 때면 '내가 여기 왜 들어왔지? 왜 이 팀에?' 하지만 그걸 만들며 친구들과 사이는 좀 더 좋아졌다. 대화도 많이 하고 많이 웃고 그랬다.

이제 그 만들기가 끝이 났다. '이제야 끝이구낭!' 좋아했지만… 좀 시간이 흐르고 난 생각이 바뀌었다. 다시! 딱 한 번만 제발 그때로 돌아가고 싶다. 난 만들기를 할 동안 추억이 너무 많았다. 만들기 할 땐 싫었는데 진짜 이상하게도 그때가 좋은 일로 추억으로 남았다. 왜 그런지 이유를 알고 싶어 속이 너~무 답답하다. 고구마 1000개를 먹은 거 같다!

자두가 학예회 때 친구들과 만들기를 하면서 겪었던 다양한 감정들에 대해 쓴 글이다. 시 낭송, 악기 연주, 마술, 태권도 시범, 줄넘기, 역할극 등 원하는 주제별로 친구들을 모았는데 자두의 모둠은 만들기를 하고 싶다고 모인 친구들이었다. 자두의 모둠원들은 모두 우리 반의 내로라하는 예술가들이었다. 재능이 많고 개성도 강한 아이들이 한 모둠으로 묶여 한 가지 주제로 만들기를 하려니 쉽진 않았겠다. 그런 이유로, 학예회를 준비하는 기간 동안 못 본 척하면서도 알게 모르게 가장 신경 쓰고 있던 모둠이기도 했다. 내가 개입해 길을 터주면 좀 더 빠르고 쉬웠겠지만, 아이들에겐 서로 투닥거리면서 조정하는 과정 모든 것이 배움이다. 아웅다웅하다 하나의 결실로 아름답게 맺어도 좋고 절반의 실패라도 절반의 성공은 있는 법이니까.

내 마음 같지 않은 사람들과 공동의 일을 도모하는 일이 어찌 쉽겠는가? 그럼에도 우린 친화력이라는 무기로 협력적 의사소통을 할 수 있는 현명한 종이다. 자두는 마음이 맞지 않은 친구들과 학예회 준비 기간 내내 힘들었지만, 그 모든 과정이 추억으로 기억되는 이유를 궁금해한다. 그건 자두네 모둠 친구들이 우리 종이 지닌 친화력이라는 좋은 무기를 잘 활용했기 때문이지 않겠냐고 슬쩍 흘려주고 싶다.

초등학교 2학년 때 난 어떤 게 궁금했고 무엇이 고민이었을까? 나도 담임 선생님의 나이가 그렇게 궁금했을까? 그 시기의 기억들이란 잘린 필름처럼 툭툭 끊기고 떠오르는 특정 장면 몇 개는 도통 연계성이 없어 스토리를 만들어내지 못한다. 산으로 들로 친구들과 어울려 놀러다니다 학교 운동장 시소에 앉아 구구단을 외우던 모습이 그나마 가장 선명한 그림이다.

그때도 궁금했던 것과 고민이 있었겠지만 지나고 보니 도통 기억나지 않는다. 오늘의 내 궁금증과 고민도 얼마나 갈지 모르겠다. 궁금증과 고민은 그냥 평생 친구처럼 끼고 살아야 할까 보다.

삼세판, 그리고 3년.

무슨 일을 시작하려 할 때, 내 마음에 품는 지속 가능한 횟수와 기간이다. 시작의 첫머리에서 다짐한다. 3번은 시도해보자, 3년만 지속해보자. 같은 것을 3번 시도했는데도, 3년을 지속했는데도 비전이 보이지 않으면 깨끗하게 손을 털자, 라고. 이렇게 마음을 먹으면 무언가를 시작하는 부담이 덜했다. 지속하는 기간 동안 덜 지쳤다.

중등임용시험 실패로 내 안의 동굴에 갇혔을 때도, 결혼 전 지인이 좋은 사람이라며 소개해준 사람이 마음에 들지 않았을 때도 2번의 기회는 남겨두었다. 중년이 되어 시작한 등산이나 유화 그리기, 오카리나 연주 역시 3년이라는 기한을 두지 않았다면 시작하는 단계에 도드라지는 미숙함과 서투름이 싫어 금세 중단했을 것이다. 횟수와 기한이 정해져 있으니 한 번만 더 해보자, 조금만 기운 내보자고 스스로를 다독일 수 있었다.

그런데 이런 내 기준이 적용되지 않는 분야가 있었다. '육아'였다. 작고 여린 존재의 생명줄을 쥐고 있는 '엄마'라는 역할은 기한을 정해놓고 수행할 수 있는 일이 아니었다. 삼세판이 아니라 삼백 판을 도전해도 성공의 희열을 느끼기 어려운 게 육아였고, 3년 동안 아이를 키워도 도통 내 육아 실력은 늘지 않았다. 육아는 끝이 보이지 않았다.

3년을 지속해보고도 비전이 보이지 않으면 깨끗이 손을 털자던 내 원칙이 적용되지 않는 분야. 끝이 보이지 않는다는 막막함은 좌절의 순간, 한 번 더 해보면 될 거라는 희망을 주지 않았다. 열심히 매달리고 있는 무언가에 재능이 없음을 발견했을 때, 그럼에도 손을 털고 돌아

설 수 없다는 사실에 자주 아득해졌다. 육아에 재능이 없다는 걸 깨닫자 원래 가지고 있던 자신감마저 떨어졌다.

외향적이고 긍정적이던 사람도 예견된 실패와 거듭된 실패, 회생 불가능해 보이는 실패 앞에서는 속절없이 무너질 수 있겠구나… 무기력증이 왔다. 산후 우울증이 이런 건가. 다 팽개치고 싶었다. 어린 생명을 건사해야 할 엄마가 자기 몸 하나도 건사하지 못하고 있었다. 내 자존을 되돌려줄 '스스로를 돌볼 시간'이 필요했다.

아침 일찍 출근해 밤늦게 퇴근하는 남편도 주말엔 내내 쉬고 싶었겠지만 우선은 나부터 살아야 했다. 토요일은 남편이 언제까지 늦잠을 자도 깨우지 않았지만, 일요일엔 점심시간부터 4시간 정도, 내 시간을 갖겠다고 선언했다. 그 시간만큼은 아이들을 남편에게 맡기고 혼자 집 근처 영화관이 있는 쇼핑몰로 향했다. 거기서 내가 한 일은 딱 두 가지였다. 홀로 나를 위로하는 점심(주로 베트남 쌀국수) 먹기와 영화 한 편 보기. 그렇게 나를 돌보고 집에 돌아오면 비로소 숨이 쉬어졌다.

지금 돌아보면 주 1회, 일요일의 그 시간이 나를 살렸다는 생각이 든다. 나를 돌보자 생긴 에너지로 내 아이들을, 내 가족을 살렸다. '엄마의 시간'은 가족을 살리는 시간이었다.

오늘 엄마랑 동생이랑 셋이서 외할머니집에 갔다. 아빠는 안 가셨다. 아빠는 집에 혼자 있어서 외로울 것 같다.

대지는 가족과 함께하지 못한 아빠가 외로울까 봐 걱정했지만, 정작 아빠는 애써 표정 관리에 들어갔을지도 모를 일이다. 배려심 부족한 상사와 할 말은 하고 사는 신입 가운데 끼어 이리저리 눈치 보느라 일주일 내내 피곤했을 아빠다. 엄마의 시간이 필요하듯, 아빠에게도 아빠의 시간이 필요하다. 대지가 말하는 외로운 시간은 아빠가 자신을 돌보는 시간의 다른 이름이다.

학원 방학이 끝나고 오랜만에 등원했는데 내 친구 민선이가 단발머리로 변신을 해서 왔다. 나는 첫눈에 반했다. 너무너무 귀엽고 예뻐 보였다. 수업이 끝나고 집에 와서 엄마에게 나도 짧은 단발머리를 하고 싶다고 말씀드렸다. 그런데 엄마는 짧은 단발머리보다 긴 머리가 더 잘 어울린다고 말씀하셨다. 나는 조금 많이 서운했다. 내가 삐져

있으니 며칠만 더 생각해보라고 시간을 주셨다. 나는 오늘 하루 내내

귀여운 단발머리를 한 내 모습을 상상했다.

    송이가 쓴 '예쁜 단발머리'라는 글이다. 송이는 공책 왼쪽 페이지에 글을 쓰고, 오른쪽 페이지엔 단발머리를 한 여자아이 그림까지 그려넣었다. 그림 옆에 "무지무지 귀엽고 발랄해지고 싶어!"라는 말주머니와 함께.

    송이는 평소 긴 머리를 포니테일 스타일로 묶거나 양 갈래로 단정히 묶고 등교한다. 아마 송이는 유치원 때도, 1학년 때도 같은 머리 모양을 했지 않았을까, 싶다. 아침마다 송이의 긴 머리를 단정히 빗어 묶을 때마다 송이 엄마는 자신의 긴 머리 소녀 시절을 떠올릴지도 모르겠다. 별다른 치장 없이 질끈 동여매기만 해도 빛나던 어린 시절의 자신을. 반면에 송이는 짧은 단발머리를 한 자신의 모습이 얼마나 귀여울지, 얼마나 발랄할지 상상한다. 엄마와 딸의 동상이몽이 어떤 결말을 맺을지 자못 흥미로웠다.

    몇 달 후 송이가 단발머리를 하고 교실에 들어섰다. 송이의 상상은 현실이 되어 있었다. 송이는 상상했던 것보다 더 귀엽고 발랄했다.

일에 치이고 인간관계가 힘에 부칠 때면 자존감에 상처를 입기 쉽다. 누군가의 귀한 아들, 딸인 나를 이렇게 대하는 세상이 야속해지는 일은 또 얼마나 잦은가. 이리저리 치여 잔뜩 납작해진 자신을 발견할 때, 투명인간이 되어 남의 눈 의식하지 않고 실컷 울어라도 보면 좋으련만. 그럴 땐 내게 없는 모든 것들이 내 자존감을 갉아먹는 원흉인 것만 같다. 물려받지 못한 재산이나 쌓아 올리지 못한 인맥. 학벌, 멋진 외모, 하다못해 유머 감각까지. 내 것이 아닌 것들이 나를 괴롭히는 아이러니의 롤러코스터에서는 빨리 내리는 게 답이다.

"생각하는 대로 살지 않으면 사는 대로 생각하게 된다."라고 하지 않던가. 자존감이란 스스로 내린 결정을 보다 가치 있게 만들려는 분투의 과정을 거쳤을 때 자연스레 따라오는 것이다. 그러니 타인이 내린 결정에 지나치게 휘둘리지 않도록 나를 깨우는 일을 게을리하지 말아야 한다. "가장 부유한 삶은 이야기가 있는 삶"이라던 이어령 선생의 말씀처럼, 다른 사람이 가진 똑같은 모양의 행복을 좇지 말고 자기만의 독특한 이야기를 단단히 쌓아가길 바란다.

친구(親舊). 가깝게 오래 사귄 사람.

친구의 '구(舊)'는 '옛', '오래'라는 뜻을 품고 있다. 가까이 지내며 오랫동안 교류하는 이들을 '친구'라 명명한다. 여고 시절 내내 교정을 걸을 때마다 내 손을 잡아주던 친구와 '친구'로 남지 못했던 건 우리의 인연이 길게 이어지지 못했던 까닭일 것이다.

나는 어렸을 때부터 동성 친구들보다는 이성 친구들이 더 편했다. 동성 친구들이 복잡한 감정을 지니고 사고하는 존재들이었기 때문인지, 같은 성(性)을 공유하는 편

안함이 신비로움을 감소시켰기 때문인지, 이유는 확실하지 않다. 사고 회로가 비교적 단순하고 행실 또한 털털하던 나는 여자인 친구들의 복잡한 속마음을 헤아리는 게 늘 쉽지 않았다. '저게 진짜 저 친구 마음일까? 저렇게 말하고 있지만 속으로는 다른 마음일지 몰라.'라고 생각했던 것은 나 역시 가끔은 겉으로 드러내는 말과 내면의 마음이 다른 당사자였기 때문일지도 모르겠다.

"진정한 친밀감에는 당연히 고된 노력이 필요하다."라는 캐럴라인 냅의 말처럼 관계 맺기에는 따라야 할 지난한 수고로움이 필요했다.

여자 친구들과 관계를 유지하는 데는 참 많은 노력이 필요했다. 우리는 하나의 단일한 주제—새로 산 예쁜 학용품이나 교복에 묻은 얼룩 등—로도 몇 시간 동안 대화가 가능한 특별한 능력이 있었다. 그렇기에 서로 간의 합일되지 않는 지점이나 의견의 차이를 이해시키는 데도 더 많은 말과 수고로움, 시간이 필요했는지 모른다. 남자 친구들은? 그냥 몇 마디면 족했다. 큰 수고로움이 들지 않는 관계, 그건 효율적이고 경제적인 관계였다. 돌아서서 '내가 한 말에 상처받지는 않았을까?' '내 말뜻을 다르게 오해한 건 아닐까?' 걱정하지 않아도 되었다. 동성 친구와 이성 친구의 관계 맺기는 두 성의 생물학적인 차이만큼 달랐다.

아무리 퍼내어도 끝이 없는 대화 주제, 나의 고민에 대해 자신들의 일처럼 공들여 분개하거나 깨알같이 공감을 표하는 눈짓, 표정, 고갯짓, 맞장구…. 여자들의 대화엔 이런 다채로움과 수고로움이 기꺼이 함께한다. 많은 것을 공유한 관계는 어느 순간, 눈빛만 보아도 표정만 보아도 알겠는 시점이 온다. '친구'로 묶이는 시간. 함께하는 시간이 깊은 위로가 되기에 우리는 매번 헤어짐을 아쉬워하며 다음을 기약하는 것일 테다.

오늘 학교에서 도토리 전달하기 놀이를 했다. 비석을 어깨, 발등, 손가락, 머리 위 중 한 곳에 놓고 선생님을 돌아 되돌아오면 된다. 그런데 우리 팀에서 장군이가 도마뱀처럼 기어가서 나는 깜짝 놀랐다. 저런 동작도 할 수 있다는 걸 알았다. 그런데 명군이가 그 애 동작을 따라 했다. 이제 2마리 도마뱀이 된 건가? 나도 집에서 장군이를 흉내 내어 봐야겠다.

어디에나 반짝이는 존재들이 있었다. 그 존재가 나이도, 경험도 비슷한 또래라면 부러움을 넘어 질투의 대상이 되곤 한다. 정해진 틀 안에서 안온하게 살아가는 사람들이 틀을 깨고 자신만의 가치를 드러낸다는 것은 엄청난 도전이다. 선생님이 내건 제약을 넘어서 장군이가 자신만의 방식을 개척하는 순간, 교실 안의 평안에 균열이 생겼다. 놀랄 새도 없이 개척자를 따르는 일행이 생기면 이제 안온의 시대는 가고 모험의 시대가 열린다. 선생님이 내건 제약 내에서만 사고하던 아이들이 이제 자신만의 방식을 생각해내고 모험을 감행하기 시작한다. 친구의 도전과 모험은 영향력이 크고 종래에는 대세를 이룬다. 교실에서는 차마 해볼 용기가 없던 파랑이도 집에서 흉내 낼 결심을 했으니 친구가 시작한 도전의 나비 효과다.

오늘 학교에서 스피드 스태킹 연습을 했다. 나는 집중해서 열심히 양손으로 컵을 쌓고 내리면서 컵이 떨어지지 않게 노력했다. 장군이가 열심히 하고 있길래, 내가 가서 같이 시합을 하자고 했다. 우리는 컵을 빨리 쌓고 내리면서 스피드를 즐기며 재미있게 했다. 그때 멍군이도 와서 셋이서 같이 했는데 장군이와 달리 멍군이는 속도가 느리고 서툴렀다. 한 번도 이기지 못했지만 멍군이가 열심히 노력하는 모습이 보여서 나는 마음속으로 '멍군아 힘내! 잘할 수 있어!'라고 응원해 줬다.

어디에나 다정한 존재들이 있었다. 뛰어나고 앞서가는 화려한 존재들에 가려, 열심히 노력하지만 걸맞은 보상도, 조명도 받지 못하는 이들에 관심을 갖는 사람들. 빠르게 뛸 수 있는 능력이 있는데도 느리고 서툰 이들에게 손 내밀어 함께 가려는 사람들 말이다. 세상은 반짝이는 존재들 덕분에 큰 변화를 맞지만, 다정한 존재들 덕분에 고르게 나아간다.

경태가 보드 타다 앞으로 넘어져 코피 나고 눈 쪽에 피멍이 들었다.
경태가 많이 아플 것 같아서 나도 울었다.

아무것도 하지 않았는데 힘이 되는 존재들도 있다. 타인의 고통에 공감하고 슬픔을 어쩔지 모를 때 그저 곁에서 함께 울어주는 사람들. 우린 어쩌면 가깝지도 않고 알아온 시간이 짧을지라도 이 사람들을 '친구'라 믿고 싶어질지 모른다. 충조평판(충고, 조언, 평가, 판단) 하지 않고 오롯이 내 마음에 공감해주는 친구가 있다면, 이미 세상을 반쯤 가진 것이다.

나는 친구에게 반짝이는 존재였나, 다정한 존재였나, 공감하는 존재였나.

내가 가는 이 길이 맞는지, 이 길 끝에는 무엇이 있을지, 아무것도 장담할 수 없던 우리들의 젊은 날. 그것은 도통 무엇이 나올지 알 수 없는 길목의 모퉁이 같았다. 그 굽이굽이를 건너와 이제 염색으로 새치를 가리는 지금이지만 외롭다 여겨지지 않는 건, 남은 길을 함께 갈 친구들이 있기 때문일 것이다.

다른 여자 둘이서 세상을 함께 걸어 나갈 때 드는 놀랍도록 따뜻하고 자유로운 기분, 그것이 선물이었다.

– 캐럴라인 냅, 《명랑한 은둔자》

《명랑한 은둔자》에서 캐럴라인 냅이 말한 "다른 여자 둘이서 세상을 함께 걸어 나갈 때 드는 놀랍도록 따뜻하고 자유로운 기분"이란 어떤 걸까. 친구와 둘이서 험한 산에 낑낑대고 올라 마침내 정상에서 맞았던 산바람과

후각을 자극하던 청량한 숲의 냄새와 비슷한 느낌이지 않을까. 다 큰 여자 둘이서 함께 내려다보는, 발아래 놓인 세상을 보며 세상에 나와 한 번도 가져보지 못한 기득권을 거머쥔 느낌, 그것과 비슷할지도 모른다.

내가 가보지 않은 길은 먼저 가본 친구에게 의지해도 된다. 친구가 가는 길은 단지 내가 선택하지 않은 길일 뿐, 유일한 길이 아님을 이제는 알기 때문이다. 내가 모르는 길이 있음을 받아들이고 낯선 길도 용기 내어 보는 것, 그 길이 오랜 친구와 함께라면 그보다 좋을 순 없겠다. 여자들의 우정은 퍼낼수록 더 깊어지는 맑은 우물 같다.

"선생님! 은행이가 자기 엄마하고 선생님 빼고 여자들은 다 안 예쁘대요!"

급식을 먹고 교실로 들어서자마자 향이가 후다닥 달려와 말했다. 분이 가시지 않은 듯 은행이를 또 한 번 흘겨본다.

"선생님을 끼워준 건 고맙네."

당장 은행이를 혼쭐 내줄 거라 기대했던 향이의 표정이 새초롬해졌다.

"근데 말이야. 어떤 사람에게 관심을 갖고 좋아하게 되면 생김새와는 상관없이 그 사람이 예뻐 보이는 거야.

그래서 선생님은 우리 반 여자 아이들이 다 예쁘더라."

향이의 표정이 금세 풀어졌다.

자세히 보아야 예쁘고 오래 보아야 사랑스럽다던 〈풀꽃〉의 나태주 시인의 문장처럼 꼭 사랑스럽기만 한 감정은 아니더라도 우리는 오래, 함께한 대상에게 특별한 정서를 갖는다.

> 우리 누나는 김연수입니다. 5학년이라서 그런지 사춘기가 왔습니다.
> 그래서 이제 "누나! 누나가 좋아하는 게 뭐야?"라고 물어보면
> "흰콩이"(우리 집 햄스터)라고 합니다. 옛날에는 저라고 했는데…
> 그리고 이제 저만 보면 눈이 실눈이 되고 이마엔 팔(八)자가 생깁니다.
> 그리고 레이저를 저한테 발사합니다. 누나가 저한테 레이저를
> 발사하는 이유는 제가 까불어서일 때도 있습니다. (중략) 우리 누나는
> 잘하는 게 엄청 많습니다. 만들기, 그리기, 수학, 체육, 영어, 요리,
> 못하는 게 없습니다. 우리 누나는 최고입니다. 그래서 내가 누나에게
> 사랑받고 싶습니다.

목화가 쓴 '우리 누나'이다. 함께 성장하는 형제자매는 한마디로 정의할 수 없는 관계다. 그들은 최초로 맺은 사

회적인 관계이자, 최고의 놀이 상대다. 처음으로 비교 상대가 되는 경쟁자이자, '부모'라는 극복해야 할 공동의 장벽을 가진 삶의 '동지'다. 기본적으로 서로에 대한 시기, 질투에 기반한 '애증'의 관계이지만 가족 외의 사람이 비난하는 것은 절대 참을 수 없는 독특한 관계다.

동생의 입장에서 먼저 태어난 형제자매는 아무리 노력해도 좀처럼 극복하기 어려운 상대다. 목화의 눈에 어떤 것에든 빼어난 누나는 자신이 아무리 노력해도 따라잡기 어려운 대상일 것이다. 못하는 게 없는 능력자에게 관심받고 싶은 마음을 몰라주는 누나가 목화는 야속할지 모른다.

그러나 목화 또한 꿈에도 모를 것이다. 맏이로 태어난 목화의 누나가 서툴렀던 부모의 높은 기대에 부응하기 위해 얼마나 고군분투해 왔으며, 앞으로도 얼마나 더 그러해야 할지. 자신에 비해 터무니없이 조건 없는 사랑만 받는 것 같은 동생이 얼마나 부러운 대상인지.

아빠는 주말인데도 회사에 가셨다. 음식을 먹다 보니 문득 이런 생각이 들었다. 엄마, 아빠는 정말 힘들겠다란 생각이.

우리 아빠는 일요일 밤만 되면 판다 눈처럼 바뀐다. 걱정이 있어 보이기도 하고 불안해 보이기도 한다. 나는 일요일이 되면 다음 주에 할 일이 많아서 머리가 지끈지끈 아픈데, 아빠랑 나랑 감정이 비슷할 거 같다. 어른들이 월요일에 어떤 감정을 느끼는 걸까? 궁금하다. 타임머신이 있다면 아빠의 월요일을 없애면 좋겠다.

주말인데도 회사를 가는 종지의 아빠, 일요일 밤만 되면 판다 눈처럼 근심 어린 얼굴이 되는 옹기의 아빠 모두 현재를 열심히 살아내는 이 시대의 아버님들이다. 아빠의 노고를 지나치지 않고 염려하는 자식들의 마음은 또 얼마나 섬세하고 따뜻한가. 이렇게 내 아이가 마음을 쓰고 있음을 안다면 주말에 일을 해도, 또다시 시작된 일주일이 고단해도 아빠들은 좀 더 힘을 낼 수 있지 않을까. 아빠의 월요일을 없애주고 싶다는 옹기 덕분에 모든 엄마, 아빠들이 잠시 다크서클을 내려놓고 웃음 지었으면 좋겠다.

우리 동네에 있었으면 하는 것을 생각해보았다. 할머니가 편하게 집에 놀러 오실 수 있도록 지하철 노선도 더 생기면 좋겠고 동생이 좋아하는 자연사 박물관도 크게 생기면 좋겠다. 그리고 학교 앞 비어 있는 상가에 내가 좋아하는 던킨도너츠 가게도 커다랗게 생기면 정말 좋겠다.

　동네 탐방 후, 우리 동네에 있었으면 좋겠는 것들에 대해 이야기를 나누고 봄이가 쓴 글이다. 할머니 댁에서 봄이 집까지 직통하는 지하철 노선이 생기면 할머니가 좀 더 편하게 집에 놀러 오시지 않을까 생각한다. 할머니와 함께하는 시간이 행복한 봄이는 할머니를 자주 보고 싶은가 보다. 지하철 개통을 집값 상승의 호재로 받아들이는 어른들은 미처 생각할 수 없는 어린이의 다정한 마음. 평소 말썽쟁이 장난꾸러기지만, 그런 동생이 좋아하는 것은 지켜주고 싶은 누나의 마음. 와중에 자신이 좋아하는 것도 놓치고 싶지 않은 아홉 살 어린이의 마음. 그런 봄이의 마음을 하나하나 챙겨 동네 곳곳에 담아본다. 인위적인 젠트리피케이션으로 탄생된 몇몇 유명한 동네보다는 아이의 스토리가 담긴 봄이네 동네가 훨씬 더 정겨울 것 같다.

　자신의 본모습과는 다른 페르소나로 힘겹게 버틴 하루 끝에 내 속을 까뒤집어 보여주어도 안전한 사람들이 있다는 건 위안이다. 너무 가깝다 보니 저마다 다른 모양으로 가지고 있는 가시에 찔리기도 하지만, 그 가시에 찔려 피가 날 수 있음을 빤히 알면서도 끌어안는 것. 가족 외에 또 있을까.

오래 함께한 대상들에게는 특별한 감정이 생긴다. 학창 시절 마음을 쏟아내던 열쇠 달린 일기장, 내 본 모양을 있는 그대로 인정해주는 가족과 친구들, 내게 주어진 사회적 역할을 실현하게 하는 공동체, 또 다른 페르소나로 진심을 다하는 활동들….

싫은 일에도 진심을 다하면 예상치 못했던 성과를 보여준다고 했던가. 그렇다면 좋아하는 것들과 오래 함께하며 진심을 나눌 때는 과연 어떤 일이 일어날까?

"다음에 그리고 싶은 거 있으신가요?"

바람에 흔들리던 가지들에 마음을 뺏겨 그리기 시작했던 나무 가득한 풍경화를 겨우겨우 끝마치던 날, 미술학원 선생님께서 물으셨다. 나는 얼른 휴대폰 앨범을 뒤져 다음에 그리기로 내내 마음먹고 있었던 사진을 선생님께 보여드렸다. 손가락으로 긴 머리카락을 쓸며 머리를 살짝 젖히고 활짝 웃는 친구의 모습이 담긴 사진이었다.

함께한 모든 시간에 폰을 들이대며 사진을 찍어대는

후배가 아니었더라면 이 귀한 사진을 얻을 수 있었을까. 소중한 순간은 때로 우연히 찾아와 미처 준비하지 못한 마음에 짧게 머물다 금세 사라져버린다. 지금 이 순간의 가치를 귀히 여기며 살 만큼 지혜로워지려면 얼마나 더 나이가 먹어야 하는 걸까.

사진 속에서 친구는 신록으로 우거진 산을 배경으로 자갈이 깔린 강변에 앉아 환하게 웃고 있었다. 숱하게 많이 보았던 우리의 사진들 속에서 그녀가 그렇게 시원스럽게 웃는 모습을 나는 처음 보았다.

친구는 늘 자신보다 타인을 더 웃게 하려고 애쓰는 사람이다. 언제나 누구보다 서둘러 약속 자리에 나타났고 함께한 모든 이들을 살뜰히 챙겼다. 항상 다른 이들의 의견에 귀 기울이고 지인들의 경조사에 사려 깊게 기뻐하고 슬퍼했다. 가족에게는 더 헌신적인 엄마이자, 아내였다. 매사 가족과 다른 사람 위주로 의사결정하는 친구를 난 자주 말리고 싶었다. '그렇게 헌신하다 헌신짝 된다!'라면서. 주변 사람들을 위해 친구가 자신을 너무 희생하지 않기를, 스스로를 좀 더 보살피기를 바랐다.

사진 속에서 활짝 웃는 친구의 모습에 이상하게 마음이 출렁였다. 다른 사람들 챙기느라 항상 자신을 뒷전에 두던 친구가 비로소 오롯이 자신을 드러낸 것 같았달까. 반백을 목전에 둔 평범한 친구의 모습이 내겐 어느 시대, 어떤 아름다운 명화 속 여인들보다 더 아름답게 느껴졌다. 겨우 주 1회 취미 미술을 배우는 미술 초보 주제에 친구를 더 멋지게, 더 빛나는 모습의 그림으로 남겨주고 싶었다.

　　미술 선생님이 사진 속 인물이 누구인지 궁금해했다.
　　"친구예요. 친구를 주인공으로 만들어주고 싶어서요."
　　이런 내 말에 미술 선생님의 눈이 동그래졌다. 자신도 주변 지인들을 많이 그려줬었지만 정작 자신을 그려주는 사람은 없었다며 친구가 참 좋아하겠다고 했다.

　　활짝 웃는 친구의 모습을 살리려면 고개를 살짝 젖히며 웃는 얼굴의 미세한 각도를 살려내야 했지만, 그렇게 하기에는 내 스케치 실력이 턱없이 부족했다. 내 서투름이 아쉽지만 친구를 그림으로 남기는 작업은 내내 즐거웠다. 친구 주변에 깔린 수많은 자갈들을 대체 어떻게 표현해야 할지 몰라 망연자실 바라보다 선생님께 도움을 청했다.

"돌 그리다 돌아버리겠어요. 이 수많은 돌들을 하나하나 다 색칠해야 하는 건가요?"

울상이 된 내게 선생님은 돌을 하나하나 칠하지 않고 두리뭉실 칠한 다음 각각의 돌멩이들 간의 경계를 좀 더 구분 지으라고 하셨다. 하나하나의 돌멩이들에 집중할 게 아니라 그것들을 둘러싼 주변과 경계를 살렸을 때 나타내고자 하는 실체가 더 도드라져 표현되는 유화의 마법이다. 선생님께서 가르쳐주신 대로 그리니 정말 돌멩이들 각각의 모습이 살아났다.

주인공이 되려고 아등바등하지 않고도 언젠가 자연스럽게 드러나는 사람이 있다. 아마도 난 사진 속 친구의 모습에서 그 모든 과정을 보았던 게 아닐까. 주변과 경계를 먼저 돌보는 친구의 심성을 알기에 한 장의 사진에도 뭉클해졌을 것이다. "알면 사랑한다."라는 어느 교수님의 말씀처럼 우린 과정을 아는 대상에게 마음이 움직일 수밖에 없다.

아이들도 일 년에 한 번 무대의 주인공이 되는 날이 있다. 학예회 날이다. 이날만큼은 연산이 느린 산들이도 글을 더듬더듬 읽는 구름이도 자신이 가장 좋아하고 잘하는 재능을 뽐내며 무대의 주인공이 된다.

오늘 학교에서 학예회를 열었다. 나는 줄넘기를 했다. 선생님께서 집에서 연습을 해오라고 하셨다. 밤에 연습을 조금밖에 못했다. (중략) 나는 연습을 많이 하지 못해서 잘할 수 있을지 걱정이 되었다. 나는 최선을 다해 줄넘기를 했다. 근데 이상하게 줄넘기가 잘됐다. 그렇게 어려웠던 이중 뛰기도 힘을 내고 최선을 다해서 하니 연속 8번을 했다. 나는 너무 뿌듯했다. (시간이) 조금 짧아서 친구들은 별것 아니라고 생각하겠지만 나한텐 평생 잊지 못할 추억이다.

오늘은 학예회 날 / 가슴이 콩닥콩닥콩닥
내 차례가 되니 / 폭발할 것 같은 내 심장
연습했는데 못하고 / 연습 안 했는데 잘하고
세상이 거꾸로 돌아간다.

오늘 학교에서 학예회를 했다. 너무 긴장되고 떨렸다.
나는 태권도 시범을 보였다. 많이 떨렸지만 친구들이 박수를 많이

쳐주어서 용기가 났다.

두근두근, 콩당콩당. 내 차례다. 긴장한 손이 시와 만들기를 잡고
나간다. 땀이 삐질삐질. 난 먼저 시를 발표했다. 친구들이 좋아할까?
내 시가 길었지만 애들이 싫어하진 않았다. 다행이다.

난 학예회 시작하기 전에 너무 떨렸다. 리코더를 틀릴까 봐 걱정이
되었다. 내 차례가 다가올 때 너무 많이 떨려서 손에 땀이 날 뻔했다.
근데 하고 나니 "에~ 별거 아니네~!"였다.

무대의 주인공은 한 몸에 스포트라이트를 받는 부담
을 안아야 하는 숙명에 놓인다. 떨리고 긴장되는 마음을
붙들고 친구들 앞에 서서 그동안 연습한 대로, 실수 없
이, 멋지게 치러내고 싶지만 실전은 항상 예측 불가한 일
들로 넘쳐난다. 열심히 외워온 동시 한 구절이 갑자기 생
각이 안 나고 그렇게 연마했던 마술 기술이 제대로 안 걸
린다. 친구들이 내 퍼포먼스를 좋아하면 좋겠다, 마음에
안 들어하면 어쩌나, 하는 걱정들로 마음이 널뛴다.

그래도 학예회는 모두의 축제다. 연습 때 잘 안 되던
이중 뛰기까지 멋지게 해낸 선재에게도, 연습 때보다 잘

안 되어 불만스러운 마음을 시로 표현한 으뜸이에게도 학예회는 오래도록 기억에 남을 추억이 된다.

모두가 자신의 무대에서만큼은 주인공이 된 날. 실수했건 성공했건 아이들이 더 큰 무대에 서는 날, 격려의 박수로 가득했던 이날의 기억이 든든한 뒷배가 되어주리라.

누구나 한 번쯤 모두의 관심을 받는 무대 위 주인공을 꿈꾼다. 그러나 현실은 주인공은커녕 조연도 아닌 엑스트라 같은 삶의 연속이다. 꿈을 꾼다는 것은 속으로 은근히 바라거나 뜻을 세우는 일이니 그만큼 지금 현재의 자신과 은근히 거리감이 있는 말이다. 그러니 우린 꿈과 현실의 괴리감이 깊을수록 자주 절망에 빠질 수밖에.

막연한 희망에 망설이고 지쳐 결국 체념에 이르게 된 꿈. 자신과 맞지 않는 무대에서 미처 피어보지 못하고 사그라들고 말았던 꿈. 그렇게 꾸다 만 꿈들은 사라지지 않고 자주 문 앞에 어른대고 서성이며 주위를 맴돈다. 그러니 자꾸 마음속에 드나들며 심장을 건드리는 것이 있다면 너무 오래 망설이지 않아도 된다. 이것저것 따지고 재다 흘러가버린 시간은 언젠가 그때 그냥 했더라면, 하는 후회와 아쉬움의 시간으로 남는다. 한 인도 철학가의 말처럼, 만약 인생을 둘로 나눌 수 있다면 전반부 인생은 망설이지 말고, 후반부 인생은 후회하지 말아야 하는 것이다.

인생의 전반부를 살고 있는가? 망설이고 있는가?

흔들리지 않고 피는 꽃이 어디 있으랴. 지나온 내 삶의 과정을 가장 잘 아는 사람이 누구일지 생각해본다면, 이제 내 삶을 조금 더 다정하게 보듬고 자기 삶의 무대에 당당히 주인공으로 설 때가 되었다. 후반부 인생을 후회로 보내지 않도록 스스로 결정하고 그것에 열정을 다해보았으면 좋겠다. 끝까지 자기 자신을 잃지 않고 자신의 세상에서 진정한 주인공이 되기를 바란다. 오늘도 고군분투하며 인생의 전반부를 외롭게 지켜내고 있는 이들에게 온 마음을 끌어모아 응원을 보낸다.

기억하고 싶은 욕심으로 써낸 이야기들

부재중 전화가 와 있었다.

마리 엄마였다. 마리는 나와 2학년을 함께 보낸 뒤 전학을 갔다. 전학 가기 전, 우리 교실에도 들러 마리가 다른 학교로 가게 되었다며 눈물짓던 마리 엄마의 모습이 마지막인 줄만 알았는데 5년 만에 이렇게 연결이 되다니. 인연이란 돌고 도는 뫼비우스의 띠인가 보다.

이전에 호야의 문장을 책에 인용해도 될지 호야 엄마와 통화를 했었는데, 그녀에게서 소식을 전해 들었다고 어떻게든 도움이 되고 싶다고 하셨다. 내가 담임이었을 때 마리가 썼던 글 공책을 모두 간직하고 있으니 도울 수 있다면 당장 우편으로라도 보내겠다며 고마운 의사를 내비치셨다.

그렇게 마리의 글 공책을 등기로 받았다. 노란 각봉투에 다소곳이 담긴 마리의 공책 두 권.

"2학년 3반 15번 박마리"

공책 표지에 쓰인 마리의 이름을 보는 순간, 뭔가가 '툭' 심장을 건드렸다. 표지를 넘기니 첫 페이지에 〈도란도란 이야기 쓰는 방법〉이라는 이 공책을 쓰는 방법이 간단히 안내된 설명서가 붙어 있었다. 글쓰기 공책을 쓰기 전 아이들에게 글을 쓰는 짧은 안내 쪽지를 줬었는데 5년 전 제자의 공책에서 다시 만난 것이다.

2학년이 되어 도란 노트를 만들었다. 글씨를 예쁘게 쓰도록 노력해야겠다.

2018년 3월 6일. 마리가 첫 글을 쓴 날짜다.

한 자, 한 자, 또박또박 눌러쓴 흔적이 역력한 필체는 마리처럼 반듯했다. 이제 막 2학년이 되어 친구도, 선생님도 낯선데 담임 선생님이 3월 한 달 동안 매일 한 줄

쓰기를 한다니 얼마나 긴장했을까. 새 담임 선생님에게 잘 보이고 싶은 마음이 더해져 한 줄이어도 힘깨나 들어갔을 게 분명했다. 이렇게 생각하니 어쩌나 뭉클하던지.

그렇게 마리의 2학년 한 해의 역사가 공책 두 권에 고스란히 담겨 있었다. 마리가 어떨 때 기뻤고 어떨 때 속상했는지, 어떤 책을 읽고 무슨 일로 들떴는지, 공책 두 권이 정직하게 말해주고 있었다. 마리의 글쓰기 공책을 쭉 읽다 보니 마리와 함께했던 1년이 내 머릿속에 영화 필름처럼 좌르륵 펼쳐졌다.

그뿐인가. '코로나'나 '마스크'라는 단어가 한 번도 등장하지 않는 아이의 글을 본 지 얼마만이던가. 마리가 쓴 글에 달린 내 댓글도 새삼스러웠다. 내가 준 마지막 주제는 '새해 다짐'이었나 보다. 그해 학기 말, 공책 한 페이지 가득 새해 다짐을 쓴 마리의 글에 난 이렇게 댓글을 달아놓았다.

마리의 소망이 꼭 이루어지길 응원할게. 그래도 이건 꼭 기억하렴. 마리는 겉모습도 예쁘지만 더 멋진 내면을 가진 아이라는 걸. 내년에 우리 더 멋진 모습으로 만나자꾸나.

5년 전 마냥 어린 제자였던 마리가 올해 중학생이 된다고 한다. 내 기억에는 아홉 살 모습 그대로인데 참 많이 컸겠다. 반대로 마리는 나를 어떻게 기억하고 있을까? 초등 2학년 때 담임 선생님의 얼굴을 기억이라도 해준다면 감사할 일이다. 그래도 마리에게 2학년 때 쓴 글쓰기 공책이 증거물로 남아 있으니 내가 조금은 더 오래 기억되지 않을까? 아니지, 마리 엄마가 마리가 시집갈 때 혼수품으로 보낼 거라고 하셨으니 생각보다 꽤 오래 가지 않으려나? 마리 공책을 보니 괜스레 욕심이 난다.

아이들의 글과 함께하며 내 마음을 울리는 문장들을 엮어 글을 쓸 때도 이런 마음이었던 것 같다. 기억되고, 기억하고 싶은 마음. 아홉 살에 했던 생각과 말은 시간이 지나면 사라져버린다. 그때 얼마나 창의적인 생각으로 반짝였었는지, 하는 말마다 어쩌면 그렇게 시적이었는지, 얼마나 많은 것들에 호기심과 궁금증이 일었는지, 얼마나 호기롭고 당당했었는지…. 사라지면 아쉬울 아이들의 문장을 오래 기억하고 싶어 한 편, 두 편 쓰다 보니 글이 모였다.

이것이 책으로 나오리라고는 꿈에도 생각지 못했다. 여러 우연이 모여 글을 쓰는 동안 시도 때도 없이 작아지는 나를 자주 마주했다. 그때마다 끊임없이 격려해주었던 서옥수 편집자님 덕분에 책이 완성되었다고 해도 과언이 아니다. 출판 편집자에게는 글에 대한 예리한 판단력보다 더 중요한 자질이 필요하구나,를 느끼는 시간이었다. 내 글에 의미를 부여하고 아껴주어서 감사하며 "작가님이 오래도록 글을 써주시면 좋겠다."라는 편집자님의 메일에 울컥, 했음을 고백한다.

청춘을 위로할 목적으로 출간될 글들이지만 아이들의 글로 위로받은 가장 큰 수혜자는 나였다. 궁극의 순수를 만날 때 몰려오는 감동은 세대를 떠난 보편적인 정서이기 때문이리라. 이 책을 접하는 모든 이들에게도 그런 마음이 고스란히 전달되기를 바라고 또 바란다.

2023년 4월의 끝자락에

어린이의 문장

초판 1쇄 인쇄 2023년 5월 19일
초판 1쇄 발행 2023년 6월 5일

지은이 정혜영
펴낸이 유정연

이사 김귀분
책임편집 서옥수 **기획편집** 신성식 조현주 유리슬아 황서연 **디자인** 안수진 기경란
마케팅 이승헌 반지영 박중혁 하유정 **제작** 임정호 **경영지원** 박소영
일러스트 오혜진

펴낸곳 흐름출판(주) **출판등록** 제313-2003-199호(2003년 5월 28일)
주소 서울시 마포구 월드컵북로5길 48-9(서교동)
전화 (02)325-4944 **팩스** (02)325-4945 **이메일** book@hbooks.co.kr
홈페이지 http://www.hbooks.co.kr **블로그** blog.naver.com/nextwave7
출력·인쇄·제본 (주)삼광프린팅 **용지** 월드페이퍼(주) **후가공** (주)이지앤비(특허 제10-1081185호)

ISBN 978-89-6596-577-0 03810